아카시아 향기

아카시아 향기

조시연 글·그림

주위를 둘러보며 천천히 가야겠다는 생각이 들자 마음의 '쉼'이 생겼다.

그러면서 지나온 날들을 되돌아보게 되었다. 현재의 나는 과거의 나로부터 시작되었기에
예전의 나를 찾아가는 여정에서 이 책을 쓰게 되었다.

좋은땅

프롤로그

10년이면 강산이 변한다고 했는데 이젠 1, 2년마다 바뀌는 세상이 되었다. 세상이 어찌나 빨리 변하고 돌아가는지 조금만 주춤하면 뒤처지는 나를 발견하곤 허겁지겁 따라가기 바빴다. 그러나 이제는 세상의 속도가 아닌 '나'에게 맞는 속도로 가고 싶다는 마음이 들었다. 내일모레면 耳順이므로 다른 사람의 말도 더 편하게 받아들이면서 주위를 둘러보며 천천히 가야겠다는 생각이 들자 마음의 '쉼'이 생겼다. 그러면서 지나온 날들을 되돌아보게 되었다. 현재의 나는 과거의 나로부터 시작되었기에 예전의 나를 찾아가는 여정에서 이 책을 쓰게 되었다.

어렸을 적 '나'는 조용하고 말이 없었으나 활달해서 친구들과 잘 놀았던 아이였다. 예전에는 놀이라고 해 봐야 흙, 돌멩이, 막대기 등 주로 자연을 이용해서 친구들과 직접 몸으로 부딪치면서 놀았었다. 공부가 끝나면 땅따먹기, 사방치기, 말뚝박기, 공기놀이 등을 하면서 노는 아이들로 운동장은 언제나 떠들썩했었다. 돌멩이 하나면 아주 재미있게 놀 수 있었다. 아이들은 놀이에 적합한 돌멩이를 찾아서 운동장 주변을 돌아다녔다. 그러다가 원하는 돌멩이를 발견하면 눈이 번쩍 떠졌고 누가 주울까 봐 냉큼 가서 주웠었다. 돌멩이 하나가 주는 즐거움이었다.

'세월 앞에 장사 없다.'는 말처럼 친구들도 이젠 할머니, 할아버지가 되

아카시아 향기

었음을 카카오톡 사진을 보면 알 수 있다. 핸드폰을 보여 주면서 '손자와 손녀는 마냥 예쁘다.'고 웃는 친구의 얼굴에서 그 옛날 함께 뛰놀던 모습을 발견하곤 나도 모르게 웃음이 나왔다. 동년배가 좋은 이유는 같은 시절을 살아왔기에 공유할 추억이 많기 때문일 것이다. 돌이켜 보면 내 주변에는 언제나 좋은 친구들이 있었다. 국민학교 시절에는 용희가 있었고 중고등학교 때는 현순이와 단짝이었다. 현순이는 중고등학교 6년간 같은 반이면서 언제나 함께 한 든든한 친구로 나의 학창 시절에서 빼놓을 수가 없다. 오죽하면 '너와 나는 보이지 않는 끈으로 연결된 것 같다.'라고 말했을 정도다. 대학교에서도 좋은 친구들을 만났고 사회 생활할 때는 친구 선생님이 있어서 난 마음의 부자로 생활할 수 있었다. 다시 한번 나와 동행해 준 친구들에게 감사하다는 말을 전하고 싶다.

그리고 나의 사랑하는 가족들에게도 고맙다는 말을 전하고 싶다. 엄마와 아빠. 그리고 언니들과 동생들이 있어서 '나답게' 살 수 있었다. 친구들과 밖에서 실컷 놀고 저녁때가 되어서 집에 돌아가던 모습을 회상하면 지금도 마음이 따스해진다. 아무 걱정 없이 놀기만 했던 순수했던 그 시절이 생각나는 밤에 문득 우리 아이들 생각이 났다. 세 아이를 정신없이 키우고 나니 '아이들을 좀 더 행복하게 키울 수는 없었나.'라는 아쉬운 마음이 들었다. 큰애가 초등학교 다닐 때까지는 산 중턱에 있는 전원주택에서 생활했었다. 마을에서 떨어져서 있는 관계로 세 아이는 서로가 친구가 되면서 지냈었다. 그 당시에는 텔레비전도 정규방송만 시청하였고 컴퓨터도 없어서 아이들은 심심하면 책을 읽거나 자연에서 뛰어놀면서 지냈었다. 주말이면 야외로 데리고 나가서 산책하거나 운동하면서 아이들과 놀았었다. 그러나 아이들이 중학교에 입학하고 나서는 상급학교 진학을 목표로 했기에 오로지 앞만 보고 달렸었다. 그러다 보니 아이들의 정서적인 면보다는 학업적인 면을 더 중요하게 생각하며 아이들을 키우게 되었다. 아이들에게 좀 더 많은 자유시간을 주고 풍부한 경험을 시키지 못한 것에 대하여 미안한 마음이 들었다. 그래도 초등학교까지는 시골에서 자라서 좋았다고 말을 해주는 민정, 민지, 은택에게도 사랑한다는 말을 전하고 싶다.

'무식하면 용감하다.'라는 말이 있듯이 처음으로 책을 내면서 '글과 그림'이라는 두 마리 토끼를 잡으려고 했던 나의 어리석음을 뼈저리게 느끼게 되었다. 인근 대학교 평생교육원에서 그림을 배우면서부터 책에 들어갈 그림을 그리고 싶은 마음에 삽화도 그리게 되었다. '글이라도 제대로 쓸 것이지 그림은 왜 시작했나.'라고 후회하면서도 포기하지 않고 그림을 완성할 수 있었던 것은 고명숙 선생님 덕분이다. 선생님의 격려와 지도 덕분에 그림을 완성할 수 있었기에 다시 한번 감사의 말씀을 전하고 싶다.

'삶은 추억의 연속'인 것 같다.
이 책과 만남으로 인하여 아름다운 추억들이 하나하나 살아나는 소중한 시간이 되었으면 하는 바람이다.

아카시아 향기

프롤로그 • 4

I부 · 굴다리 그리고 관사

1. 세호 오빠네 가는 여정 • 12
2. 세호 오빠네 • 18
3. 은애와 들마루 • 23
4. 보라색 원피스 • 27
5. 주황색 연필과 몽땅 연필 • 31
6. 수박 서리와 원두막 • 35
7. 굴다리에서 물놀이 • 39
8. 관사로 이사 • 43
9. 드디어 국민학교에 입학하다 • 47
10. 한글 깨치기 • 50
11. 내 친구 용숙이 • 53
12. 미술 시간 • 57
13. 책상에 선 긋기 • 60
14. 내 짝꿍 • 63
15. 화장실 냄새 • 67

16. 중간놀이 • 72
17. 가을 운동회 • 76
18. 생활통지표 • 81
19. 엄마 마중 • 86
20. 소풍 • 89
21. 채변 봉투 • 94
22. 애국 조회와 선도부 선생님 • 97
23. 도시락 검사 • 100
24. 비 오는 날의 풍경 • 103
25. 야호! 방학이다 • 107
26. 성탄절 • 111
27. 자전거 배우기 • 115
28. 관사여! 안녕! • 119

Ⅱ부 · 다시 할머니네로 이사

1. 중학생이 된 은애 · 124

2. 친구 현정이 · 127

3. 할머니의 정원 · 130

4. 아빠의 중고차 · 134

5. 생일선물 · 137

6. 언니들과 한방을 쓴다는 것은 · 141

7. 《제인에어》 · 145

8. 전화를 놓다 · 148

9. 무명 편지! · 151

10. 은애의 남자 친구 · 154

11. 소나무 숲 · 158

12. 자전거와 그 아이 · 162

13. 첫 자전거 하이킹 · 165

14. 소풍 · 170

15. 이서준의 여자 친구란? · 173

16. 축제의 날 · 179

17. 은행나무길 · 183

18. 하얀 성탄절 · 188

19. 이서준이 전학 가다 · 192

20. 체력장 그리고
   고등학교 진학 · 197

21. 고등학교에 다닌다는 것은? · 200

22. 첫 교련 시간 · 202

23. 우리들의 하이킹 · 207

24. 곶감과 《데미안》 · 211

25. 야간자습 · 215

26. 선생님들과 수박 · 218

27. 학력고사 보는 날 · 222

III부 · 집으로부터의 독립

1. 하숙집 신입생 환영회 ・230

2. 최루탄과 철학 시간 ・233

3. 첫 미팅 ・236

4. 진주 이모네 양장점 ・240

5. 포장마차 데이트 ・243

6. 또 다른 이별 ・246

7. 집으로 내려가는 여정 ・252

8. 고등학교 친구들 ・256

9. 은애가 하고 싶은 일 ・259

10. 패션학원에 등록 ・264

11. 귀국 패션쇼 그리고
   세호 오빠 ・268

〈그대의 향기〉 ・274

굴다리 그리고
관사

1

세호 오빠네 가는 여정

'덜커덩' '덜커덩'

한가득 이삿짐을 실은 트럭이 자갈길을 달리고 있다.

앞자리에는 운전사 아저씨와 남동생을 안고 엄마가 타고 있다. 짐을 실은 트럭 뒤에는 아빠와 큰언니, 작은언니와 은애가 타고 있다. 처음에는 은애도 엄마 옆인 앞자리에 타고 있었다. 운전사 아저씨는 5월이라서 덥지도 않은데 목에 걸려 있는 수건으로 연신 땀을 닦았다. 그런 아저씨를 흘끔흘끔 곁눈질로 보던 은애는 운전대에 놓여 있는 아저씨의 커다란 손을 보게 되었다. 은애는 '와' 하면서 무릎 위에 놓여 있는 자기의 손을 보았다. 덩치가 큰 아저씨는 손도 엄청나게 컸기 때문이다. 얌전하게 앉아서 가던 은애가 감탄의 소리를 내자 수건으로 얼굴을 닦던 아저씨가 처음으로 은애를 쳐다보았다.

"지루하제?"

은애는 말없이 고개만 끄떡였다.

"이름이 뭐꼬?"

"조은애요."

"조은애라. 좋은 이름이구나. 몇 살?"

"7살요."

"내년에는 학교 들어가겠네. 학교에 들어가서 선생님 말씀 잘 듣고 공부 열심히 한다고 약속하면 언니들과 함께 갈 수 있게 도와줄 수 있단다."

"정말요?"

"대신 엄마와 아빠가 안 된다고 하면 떼를 쓰지 않겠다고 약속할 수 있겠니?"

"네."

"그러면 엄마와 아빠한테 물어보마."

아저씨는 한적한 곳에 트럭을 세워 놓고 쉬어 갈 것을 제안했다.

"목적지까지 반은 왔네요. 여기에서 쉬었다가 갑시다. 볼일도 보고 오세요."

아저씨는 은애를 번쩍 안아서 트럭에서 내려 줬다. 트럭 뒤에 타고 있던 아빠는 큰언니와 작은언니를 내려 주고 나서 엄마가 트럭에서 내릴 수 있도록 은철이를 안아서 받았다. 그리고 아빠는 트럭 위로 올라가서 할머니가 싸 주신 삶은 달걀과 쑥개떡, 물과 김치를 가지고 왔다. 먼저 내려서 담배를 피우고 있던 아저씨도 함께 먹었다.

이윽고 출발하기 전에 아저씨는 엄마와 아빠한테 은애 이야기를 꺼냈다.

"은애는 앞자리가 지루한 것 같아요. 은애도 트럭 뒤에 태우면 안 될까요?"

"은애는 아직 어려요. 앞자리도 넉넉하고요."

엄마의 말에 실망한 은애는 고개를 숙이고 발로 땅을 '툭' '툭' 찼다.

"지금까지 얌전하게 앉아서 온 것도 기특한 거예요. 원래 아이들은 좀이

쑤셔서 안절부절못하거든요. 뒤에서 아빠와 언니들과 함께 가는 것도 재미있는 추억이 될 겁니다."

"여보. 그렇게 합시다. 은애도 언니들과 함께 가도록 합시다."

"그럼 큰애와 둘째 중 한 사람이라도 앞자리로 보내요. 한 사람은 충분히 탈 수 있어요."

"물어보긴 하겠지만, 아이들이 싫다고 하면 당신과 은철이만 앞자리에 앉아서 가는 것으로 합시다."

옆에서 이야기를 듣고 있던 은애와 언니들은 재빨리 트럭 뒤로 가서 서로의 손을 꼭 잡고 비장한 표정으로 엄마와 아빠를 바라보았다. 엄마는 할 수 없다는 듯이 은철이를 데리고 앞자리에 탔다. 아빠는 큰언니, 작은언니, 은애를 안아서 트럭 뒤쪽으로 올려 주었다. 트럭에는 미싱, 이불과 옷 그리고 언니들 책들과 부엌살림 등이 실려 있었다. 큰 이불장은 할머니네에 두고 앉는 책상만 실었는데도 트럭 뒤는 네 명이 타기에도 빠듯했다. 트럭에 이불로 꽁꽁 묶은 쪽을 큰언니로 시작하여 작은언니, 은애, 아빠가 앉았다. 바닥에는 두툼한 담요를 깔아서 엉덩이는 아프지 않았다. 5월의 상쾌한 바람을 가로지르며 멋진 풍경들을 뒤로하고 트럭은 열심히 달렸다.

한참을 달리던 차가 갑자기 '덜커덩' 해서 몸이 위로 올라갔다가 아래로 '쿵' 하고 떨어져서 엉덩방아를 찧었다. 울퉁불퉁한 자갈길인 마을로 들어섰기 때문이다. 그래도 트럭이 천천히 가서 덜컹거렸지만 위험하지는 않았다. 들썩거리는 트럭에 익숙해져 있을 때쯤 향기로운 냄새가 나서 주변을 둘러보던 은애는 깜짝 놀랐다. 길 양쪽으로 아카시아꽃이 활

아카시아 향기

짝 피어 있는 것이 아닌가!

"흰 눈이 나무에만 내린 것 같다."

아카시아꽃에 감탄하고 있을 때 트럭이 '부릉부릉' 하더니 길옆에 멈춰 섰다. 아빠는 트럭에서 내려서 아저씨한테 가더니 아저씨와 함께 트럭의 이곳저곳을 살폈다. 잠시 후 아빠가 오더니 트럭이 과열되어서 쉬었다 가기로 했다고 알려 줬다. 앉아 있던 은애와 언니들은 일어나서 아카시아꽃을 따기 시작했다. 까치발을 하면 손쉽게 아카시아꽃을 딸 수가 있었다. 트럭 앞에 타고 있던 엄마도 은철이를 업고 은애와 언니들이 있는 트럭 뒤쪽으로 걸어왔다. 자고 있던 은철이도 눈을 동그랗게 뜨고 쳐다보았다.

"엄마, 아카시아꽃이 많이 피었어요."

큰언니가 엄마에게 아카시아꽃 한 송이를 따서 건넸다.

"아카시아꽃이 많이 피었구나! 가시에 찔리지 않게 조심해야 한다."

"응. 알겠어요."

아카시아 가시는 크고 튼튼해서 찔리면 정말 아프다. 예전에 큰언니가 아카시아 가시에 찔렸던 적이 있었다. 엄마가 가시를 빼는데 큰언니가 울고불고 난리를 쳤다. 엄마는 실로 언니의 손가락을 묶은 다음 불에 소독한 바늘로 가시를 빼기 시작했다. 은애와 작은언니도 큰언니 옆에서 쪼그리고 앉아서 이 광경을 지켜봤다. 몇 번을 바늘로 '콕콕' 찌르던 엄마는 양손으로 큰언니의 손가락을 누르기 시작했다. 아프다고 울던 큰언니의 손가락에서 시커멓고 커다란 가시가 '쑤욱' 올라왔다. 엄만 재빠르게 그 가시를 잡아서 뺐다. 은애와 작은언니는 동시에 일어나서 가시를 봤는데 그 가시는 엄청나게 컸다. 엄마는 가시가 뽑힌 손가락에 빨간 약을 발랐다. 뛰어놀다가 무릎을 다치거나 손을 베였을 때도 언제나 빨간 약을 발라 주었다.

아카시아꽃을 맛있게 먹고 있던 큰언니와 작은언니는 생각난 듯이 아카시아 줄기를 따기 시작했다. 트럭에 짐이 실려 있어서 불편해도 요령껏 움직이면 아카시아 줄기를 따는 데는 문제가 없었다. 어느새 한 움큼 아카시아 줄기를 딴 큰언니와 작은언니가 은애한테 왔다.

"은애야! 언니들이 예쁘게 파마해 줄게."

"좋아. 예쁘게 해 줘야 돼."

"알았어. 언니들 실력을 믿어 봐."

은애는 아카시아 줄기에 달린 잎을 훑어서 앙상한 줄기를 언니들한테 건네주었다. 큰언니는 오른쪽에서, 작은언니는 왼쪽에서 아카시아 줄기로 은애의 머리를 말았다. 은애의 머리가 아카시아 줄기로 온통 뒤덮었을 때 아빠가 트럭 위에 올라탔다.

"넙죽이가 파마했구나! 이젠 출발하니깐 자리에 앉자."

아빠의 말이 끝나자마자 트럭이 출발했다. 아빠, 은애, 작은언니, 큰언니가 나란히 앉아서 바깥 풍경을 보고 있을 때, 멀리서 검은 물체가 보였다.

"아빠. 저 깜깜한 것은 뭐예요?"

"저기는 굴다리란다. 위로는 기차가 지나가고 안으로는 사람들과 자동차가 다니지."

"정말이네. 지금 기차가 지나가고 있어요."

"작년 서울에 갈 때도 기차를 탔었는데 기억나니?"

"네. 기억나요."

"우리도 저 굴다리 안으로 들어갈 거야. 그래야 우리가 이사할 집으로 갈 수 있단다."

　이윽고 트럭은 서서히 굴다리 안으로 들어가기 시작했다. 밝은 곳에서 어두운 곳으로 들어가니 처음에는 아무것도 안 보였다. 다만 트럭에서 뿜어져 나오는 불빛으로 희미하게나마 굴다리 안을 볼 수 있었다. 굴다리 안은 생각보다 넓었고, 길었다. 캄캄하니깐 '졸졸졸' 흐르는 시냇물 소리만 더 크게 들렸다. 안으로 들어갈수록 굴다리는 더 캄캄하고 서늘했다. 은애는 긴장되어서 양쪽에 있는 아빠와 작은언니의 손을 꼭 잡았다. 뭔지 모르겠지만 굴다리 너머에는 또 다른 세계가 기다리고 있을 것 같은 생각이 들었기 때문이다.

아카시아 파마

2

세호 오빠네

드디어 오후 3시경에 이사할 집에 도착했다.

트럭이 안마당에 들어서자 할머니, 아줌마, 아저씨가 방에서 급히 나왔다. 아빠와 아저씨는 서로 인사를 하고 나서 큰언니와 작은언니, 은애를 안아서 내려 주었다. 엄마도 은철이를 업고 은애와 언니들이 있는 곳으로 왔다. 아빠와 아저씨들은 트럭에서 짐을 옮기기 시작했다. 엄마는 할머니와 아줌마한테 은애와 언니들을 한 명씩 소개했다.

"이 아이가 큰애로 11살이고 조은옥입니다."

"동생들이 많아서 욕본다. 은옥이는 눈이 크고 쌍꺼풀이 또렷한 게 엄마 닮아서 이쁘게 생겼구나."

"옆에는 둘째로 9살이고 조은희입니다."

"큰애와 둘째는 꼭 쌍둥이처럼 닮았네."

"그런 소리 많이 들었어요. 이 아이는 7살이고 조은애입니다."

"선도 안 보고 데려간다는 셋째 딸이구나! 그런데 은애는 어느 미장원에서 파마했니?"

파마라는 말에 머리에 손을 가져간 은애는 깜짝 놀랐다. 은애의 머리는 아카시아 줄기로 말은 채로 그대로 있었다. 은애가 얼른 엄마 뒤로 가서 숨자 할머니가 은애의 손을 잡고 할머니 쪽으로 당겼다.

"괜찮아! 우리 세희도 파마를 자주 한단다. 파마가 얼마나 잘되었는지 볼까나."

할머니는 말려져 있는 은애의 머리를 하나씩 풀기 시작했다. 파마를 푸는 할머니의 손길은 부드러워서 하나도 안 아팠다. 단발머리였던 은애의 머리는 파마로 인해서 꼬불꼬불했다.

"이야. 파마가 제대로 되었네."

할머니는 만족스러운 듯이 꼬불거리는 은애의 머리를 쓰다듬었다.

"그런데 은애는 누굴 닮았지? 엄마랑 아빠, 언니들하고도 안 닮았네."

"…."

소개할 때마다 듣는 말이지만 매번 기분은 안 좋다. 아줌마의 말에 은애가 고개를 숙이고 뽀로통하게 있자 할머니는 허리를 굽혀서 은애와 눈을 맞추면서 웃으셨다.

"와아! 은애는 언니들이 없는 백만 불짜리 보조개를 가지고 있구나."

얼굴 중에서 보조개를 좋아하고 있던 은애는 할머니의 말에 속상한 마음이 다소 풀렸다.

그때 밖에서 세호 오빠와 세희 언니가 마당으로 들어왔다.

"마침 잘들 왔다. 앞으로 싸우지 않고 잘들 지내야 한다."

세호 오빠는 국민학교 5학년이고 세희 언니는 3학년이라고 하였다. 이후로 언니들과 세희 언니는 들마루에 모여서 함께 학교에 갔다. 할 일이 없는 은애도 들마루에 나와서 언니들을 배웅하곤 했는데 7살인 은애에게 하루하루는 심심하다 못해 세상이 정지된 것같이 시무했나. 이런 은애에게 세호 오빠네 들마루는 일상의 무료함을 벗어날 수 있는 유일한 장소가 되었다. 들마루는 수원지 입구에 있는 세호 오빠네 바깥마당에 있어서 오고 가는 사람들을 구경하기에는 안성맞춤이었다.

오늘도 은애는 점심을 먹고 들마루에 나와 있었다. 날씨가 좋은 일요일이라 그런지 사람들이 많이 오고 갔다.
"오늘도 곱슬머리는 들마루에 나와 있네."
"그런데 오빠는 왜 나보고 곱슬머리라고 해?"
"그거야 곱슬머리이니깐 그렇지."
은애는 '곱슬머리'라는 세호 오빠의 말에 이사한 날, 아카시아 파마를 한 자신을 보고 '피식' 웃던 세호 오빠가 떠올랐다. 물론 다른 사람들보다 곱슬머리이긴 해도 자신을 보고 웃었던 것은 생각할수록 기분이 나빴다.
뾰로통하게 앉아 있는 은애를 보고 세호 오빠가 또 '피식' 웃었다.
"곱슬머리. 수원지 안에 있는 저수지에 안 가 봤지? 지금 가려고 하는데 함께 갈래?"
"…."
"싫으면 나 혼자 간다."
"아니야. 갈 거야."
세호 오빠의 말에 은애는 잽싸게 일어섰다.

수원지는 일요일답게 사람들이 노래를 부르며 춤을 추면서 떠들썩하게 놀고 있었다.
"노세노세 젊어서 놀아. 늙어지면 못 노나니…."

아카시아 향기

흥겹게 노는 사람들을 지나서 한적한 곳으로 가니 쪽문이 나왔다. 세호 오빠는 능숙하게 쪽문을 열고 들어가더니 은애한테 오라고 손짓했다. 나무가 빽빽하게 우거진 탓에 캄캄해서 길을 구분하기가 쉽지 않았다. 세호 오빠는 은애가 잘 따라오는지 뒤를 확인하면서 천천히 걸어갔다. 차츰 어둠에 익숙해지자 길이 잘 보였다. 길은 한 사람이 지나갈 정도의 오솔길인데 양쪽 나무들이 서로 어우러져서 동굴 같은 길이 나 있었다.

"와아! 멋지다."

"멋지지! 여기는 아무나 들어올 수 있는 곳이 아닌데 곱슬머리라서 특별히 데리고 온 거야."

은애는 세호 오빠의 말에 나무가 우거진 오솔길을 걷는 것이 즐거워졌다.

이윽고 두 사람의 앞에 조금 가파른 언덕배기가 나왔다. 앞서가고 있던 세호 오빠는 거뜬히 언덕배기에 올라가서 은애한테 손을 내밀었다. 은애는 혼자서 올라가려고 애를 썼지만 '쪼르륵' 미끄러졌다. 할 수 없이 세호 오빠의 손을 잡고 언덕배기를 오를 수밖에 없었다.

은애는 세호 오빠의 손이 참으로 따뜻하다는 생각이 들었다.

이윽고 저수지에 도착하니 세호 오빠네 아저씨가 그물에 걸려 있는 물고기를 잡고 있었다.

"아버지! 많이 잡았어요?"

"물론이지. 은애도 왔구나!"

"안녕하세요!"

"오냐. 힘들었지?"

"세호 오빠가 노와 줘서 힘늘지 않았어요."

"아버지! 아직 멀었어요?"

"물고기는 다 담았으니깐 그물만 던져 놓고 가면 되겠다."

세호 오빠네 아저씨가 손에 들고 있던 그물을 저수지에 던지자 그물이 사방으로 활짝 펴지면서 물속으로 가라앉았다. 작은 물보라를 일으키면서 가라앉는 그물을 따라 은애의 시선도 물속으로 따라 들어갔다.

"은애는 그물 던지는 것을 처음 보는구나?"

"네. 이렇게 많은 물도 처음 봤어요."

"그렇지. 이런 것은 아무나 볼 수 있는 것은 아니지. 세호가 은애를 잘 데리고 왔구나!"

은애는 수원지 안에 있는 저수지에는 함부로 들어갈 수 없다는 것을 나중에 알았다. 세호 오빠네 아저씨가 수원지 물 관리를 하고 있어서 들어갈 수 있었다. 이날 세호 오빠네 아저씨가 잡아 온 물고기는 은애네도 맛있게 먹었다.

3

은애와 들마루

　은애의 눈은 작고 속 쌍꺼풀이다. 식구들의 눈이 크고 쌍꺼풀이 또렷한 것과는 대조적이다. 얼굴이 오목조목한데 별명은 '넙죽이'다. 은애가 태어났을 때 얼굴이 너부죽해서 아빠가 '넙죽이'라고 별명을 지었는데 여전히 '넙죽이'라고 부르고 있다. 은애의 얼굴에서 빼놓을 수 없는 것은 보조개인데 웃을 때면 보조개도 덩달아 웃어서 귀엽다는 소리를 듣고 있다. 키는 또래보다 크고 말랐으며 머리는 곱슬머리다. 외모로 봐서는 활달할 것 같지만 은애는 얌전하고 말이 없다. 은애가 말을 하면 "무슨 말인지 못 알아듣겠어. 알아듣게 말을 해 봐."라고 언니들에게 핀잔을 듣다 보니 말을 하려면 용기가 필요했다. 그러다 보니 은애는 말을 하기보다는 다른 사람들이 하는 말을 잘 듣게 되었다.

　은애의 중요한 일과는 들마루에 나와서 지나가는 사람들을 구경하는 것이다. 가끔가다 자동차도 지나가는데 비포장도로라서 먼지가 눈으로 들어가기도 했다. 할머니와 아줌마들은 보따리를 머리에 이거나 들고 가고 아저씨들은 돗자리 등을 챙겨서 지나갔다. 소풍 가방을 멘 학생들이 지나가는 모습을 보면 은애도 빨리 학교에 들어가고 싶다는 생각이 들었다. 보따리와 소풍 가방이 무거워 보여도 사람들의 표정은 밝고 행복해 보였다. 가끔가다 다리가 아프다고 들마루에 앉아서 쉬었다 가는 사람들도 있었다. 그럴 때면 은애는 기꺼이 널찍한 자리를 양보하고 한쪽 구석에 가서 앉았다. 거나하게 술에 취한 사람도 있고 흥겹게 놀아서 인지 즐거운 표정을 짓는 사람도 있었다. 많이 먹어서 소화가 안 된다고 얼굴을 찌푸리는 사람, 신이 난 아이들의 얼굴 등 사람들의 표정은 다양했다.

오늘도 여전히 은애는 들마루에 나와 앉아 있었다. 발로 들마루를 '툭' '툭' 치면서 오고 가는 사람들을 보고 있는 은애 옆에 검은색 양복을 입은 아저씨가 와서 앉았다. 은애는 흘끔 아저씨를 보고 거리를 두고 앉았다.

"꼬마 아가씨! 몇 살이지?"

"7살요."

"한창 말썽부릴 나이네."

아저씨는 혼잣말로 중얼거리더니 양복 안주머니에서 껌을 꺼냈다.

"아카시아 껌 줄까?"

"아니요."

"허허. 껌을 싫어하는 아이도 있구나."

"엄마가 모르는 사람이 주는 것은 받지 말라고 했어요."

"엄마가 교육을 잘했구나. 그러나 공짜로 주는 것은 아니야. 대신 아저씨가 하는 이야기를 들어 주겠니? 아저씨는 지금 이야기하고 싶은데 들어 줄 사람이 없구나."

은애는 찬찬히 아저씨의 얼굴을 살펴보고 아저씨의 말이 진심인 것을

　　　　　　　　　　아카시아 향기

알았다.

"좋아요."

은애의 말에 아저씨는 껌 한 통을 은애에게 건넸다.

아카시아 껌은 은애가 좋아하는 껌이다. 은애는 아저씨의 이야기를 듣고 나서 씹기로 하고 껌을 호주머니에 넣었다. 은애는 이야기를 들으려고 아저씨 쪽으로 얼굴을 돌렸다.

"지금 아저씨는 어떤 사람이 굉장히 보고 싶은데 어떡하면 좋겠니?"

"가서 만나면 되죠."

"그렇지. 그런데 그 사람이 아주 멀리 가서 만날 수가 없구나!"

"그럼 편지 쓰세요. 언니들도 보고 싶은 친구들한테 편지 쓰던데요."

"편지도 받아 볼 수 없는 아주 먼 곳에 있단다."

"할 수 없네요. 돌아올 때까지 기다려야죠."

"기다려도 돌아오지 않으면 어떻게 하지?"

은애는 아저씨의 말에 할 말이 없다. '기다리면 당연히 돌아오는 것으로 알고 있는데 올 수가 없다니 얼마나 먼 곳으로 간 걸까!' 은애는 말없이 아저씨의 얼굴을 빤히 쳐다보았다. 어떤 말을 해야 좋을지 모르겠지만 아저씨가 지금 굉장히 슬프다는 것만은 알 수 있었다. 은애는 아저씨를 위로해 주고 싶었다. 그래서 마루에 있는 아저씨의 손을 잡았다. 울거나 속상할 때면 할머니가 은애의 손을 잡아 주었듯이.

흠칫 놀라던 아저씨도 은애의 손을 두 손으로 잡아서 토닥였다. 아저씨의 손은 크고 따뜻했다.

"꼬마 아가씨 덕분에 위로받았네."

이윽고 아저씨는 소매로 눈물을 닦더니 은애를 보고 웃었다. 은애도 따
라서 웃었다.

4

보라색 원피스

'드르륵' '드르륵'

은애는 보라색 원피스가 만들어지고 있는 것을 지켜보고 있다. 대부분 큰언니와 작은언니가 입던 옷을 은애한테 맞게 고쳐주었는데 지금은 은애의 새 옷을 만들고 있다. 손으로는 옷감을 잡고 발로는 미싱의 속도를 조절하면서 옷을 만들고 있는 엄마를 은애는 똘망똘망 쳐다보고 있다. 하늘하늘한 보라색 옷감이 엄마의 손길이 지나가면 옷으로 변하는 것이 그저 신기했다.

"나도 어른이 되면 엄마처럼 멋진 옷을 만들어서 입을 거예요. 그땐 엄마도 이쁜 옷을 만들어 줄게요."

"말만 들어도 고맙구나! 잘 맞는지 봐야겠다."

엄마는 만들고 있는 옷을 은애의 몸에 대보고 이리저리 살폈다. 원피스에는 주름도 잡고 리본도 달 예정이라고 했다. 은애는 만들어지고 있는 원피스를 지켜보면서 뭔가 아쉽다는 생각이 들었는데 곧 그 이유를 알았다. 그건 원피스에 호주머니가 없었다.

"엄마! 원피스에 호주머니를 달아 주세요."

"호주머니라고? 꼭 있어야 하겠니?"

"네."

은애의 짧고 단호한 대답을 엄마는 알고 있다. 은애가 결정한 것은 절대로 바꾸지 않는 고집불통이라는 것을 말이다.

"원피스에 호주머니가 있으면 덜 이쁜데 그래도 괜찮겠어?"

"그래도 좋아요."

"알았어. 그럼 호주머니를 만들어 주마."

은애는 길을 가다가 예쁜 사탕 봉지나 노란 손목 고무줄, 옷핀 등이 있으면 주워서 호주머니에 넣었다. 옷이 더러워진다고 말려도 은애의 호주머니는 불룩할 때가 많았다.

"은애야! 오늘은 얼마나 주워 온 거야. 호주머니가 배불뚝이가 되었네."

엄마의 잔소리에도 아랑곳하지 않고 은애는 주워온 사탕 봉지와 고무줄, 옷핀을 깨끗하게 닦아서 예쁜 상자에 넣었다. 상자는 은애의 보물상자이다. 쭈글쭈글한 사탕 봉지는 반듯하게 펴서 보관했는데 똑같은 사탕 봉지는 하나도 없었다. 은애는 엄마한테 혼나거나 언니들과 싸워서 기분이 울적할 때면 사탕 봉지를 꺼내서 봤다. 그러면 다시 기분이 좋아졌다.

"은애야! 혹시 노란 고무줄 있니?"

"은애야! 언니들 명찰을 달려고 하는데 옷핀 가지고 있어?"

수시로 노란 손목 고무줄과 옷핀 등을 빌려 가고 있는 엄마는 은애에게 있어서 호주머니가 얼마나 중요한지를 잘 알고 있었다. 빠르게 재봉틀 소리가 나면서 호주머니가 달린 보라색 원피스가 완성되었다. 드디어 엄마가 만든 보라색 원피스를 입고 거울을 본 은애는 탄성을 질렀다.

“엄마! 너무 이뻐요.”

“맘에 드냐?”

“응. 너무 좋아요.”

“은애아! 잠깐 이리 와 봐. 머리에 리본 핀을 꽂아 보자.”

은애가 옷을 입고 요리조리 거울을 보고 있을 때 ‘드르륵’ 소리가 나더니 엄마가 머리핀에 달 리본을 만든 것이다. 은애가 보라색 원피스를 입고 리본 핀을 머리에 꽂았을 때 큰언니가 은철이를 데리고 방으로 들어왔다.

“엄마! 이번에는 은애 옷을 만들었네요. 은애는 보라색 원피스가 잘 어울린다.”

“큰언니! 고마워!”

새 옷을 입고 기분이 좋아진 은애는 밖으로 나와서 들마루에 앉았다. 조금 있으면 회사에 간 아빠가 오기 때문이다. 여느 때와 같이 지나가는 사람들을 보고 있는 은애 옆에 세호 오빠가 와서 털썩 앉았다. 밖에서 놀다가 집으로 들어오면서 들마루에 앉아 있는 은애를 본 것이다.

“곱슬머리가 새 옷을 입었구나!”

“응. 엄마가 만들어 주셨어.”

“아줌마가 옷을 잘 만드시네. 그런데 저녁 먹을 시간인데 왜 나와 있어?”

“아빠 기다리고 있어.”

“아빠한테 예쁜 옷 입은 것 보여 주고 싶어서 나와 있는 거야?”

“응.”

“은애는 보라색이 잘 어울리는구나.”

세호 오빠는 은애를 보고 '피식' 웃으면서 집으로 들어갔다. 은애는 사라져 가는 세호 오빠의 뒷모습을 보면서 왠지 모르게 부끄러움이 몰려왔다.

5

주황색 연필과 몽땅 연필

무더운 날씨에 매미가 사방에서 울고 있어서 시끄럽다. 낮에는 파리가 극성이고 밤에는 모기가 물어서 매우 성가신 여름이 되었다. 집에 있는 시간이 많아질수록 싸우는 일도 많아졌다. 큰언니와 작은언니가 여름방학을 해서 학교에 가지 않고 집에 있기 때문이다. 오늘도 큰언니와 작은언니가 연필로 싸워서 엄마한테 혼났다. 큰언니가 방학 숙제인 일기를 쓴다고 필통을 열면서 싸움은 시작되었다. 언니들 필통에는 새 연필 세 자루와 몽땅 연필 그리고 지우개와 자가 들어 있다. 몽땅 연필은 헌 볼펜 대에 짧아진 연필을 꽂아서 쓰는 것이다. 물자 절약 차원에서 몽땅 연필을 검사하기 때문에 필통에는 꼭 있어야 한다고 언니들이 알려 줬다. 어제 아빠가 퇴근하면서 여러 가지 색깔의 연필을 사 와서 언니들에게 고르도록 하였다. 큰언니는 주황, 녹색, 회색 연필을 골랐고 작은언니는 빨강, 노랑, 파란색 연필을 골랐다. 사 온 연필을 아빠가 깎아서 주면 언니들은 연필을 받아서 자기들의 필통에 넣었다. 필통은 자석으로 되어 있어서 신기하게 자동으로 닫혔다.

어제 아빠가 깎아 준 새 연필로 일기를 쓰려고 했던 큰언니는 주황색 연필이 없어진 것을 알고 찾기 시작했다. 필통과 가방 안을 찾아보고 책들 사이에 끼어 있는지 확인도 해 보고 책상 서랍 안도 살폈으나 연필은 나오지 않았다. 책상은 앉는 책상으로 큰언니와 작은언니가 번갈아 가면서 사용했다. 아무리 찾아도 큰언니 연필은 나오지 않았다.

"은희야! 내 주황색 연필 못 봤니?"

"응. 못 봤어!"

"정말 못 봤어?"

"정말 못 봤어!"

"그럼 내 주황색 연필이 어디로 갔지?"

"그것을 왜 나한테만 물어보는 거야. 은애도 있잖아."

"은애는 아직 학교에 안 들어가서 연필이 없잖아."

"분명히 말하는데 난 안 가져갔어."

"그래도 모르니깐 필통 한번 보자."

"싫어. 가져가지도 않았고 본 적도 없는데 왜 내 필통을 보자고 하는 거야."

"떳떳하다면 보여 줘."

"기분 나빠서 안 보여 줄 거야. 나를 의심하잖아."

"누가 의심한다고 했어? 필통 한번 보자고 하는데 끝까지 안 보여 주니깐 정말 의심스럽네."

"그럼 내가 도둑질이라도 했다는 거야?"

"그럼 왜 안 보여 줘?"

"보여 주고 안 보여 주고는 내 맘이야. 예전에 내 몽땅 연필 없어졌을 때 언니도 필통 안 보여 줬잖아."

"그건 네가 숙제하다가 집에서 잃어버렸는데 학교에서 막 돌아온 내 필통을 보여 달라고 하는데 어이가 없어서 안 보여 줬지."

계속해서 큰언니와 작은언니가 아웅다웅 싸우고 있을 때 은철이를 업고 엄마가 들어왔다.

"너희들 지금 뭘들 하는 거야. 왜 싸우고 있는 거지?"

"언니가 나를 도둑 취급하잖아요."

"내가 언제 너를 도둑 취급했어?"

"그럼 왜 내 필통을 보자고 하는 건데."

"혹시 네 필통에 내 연필이 있나 확인해 보고 싶었는데 안 보여 주니깐 이상하잖아."

"그래서 나를 도둑 취급했잖아."

"분명히 말하지만 의심스럽다고 했지, 도둑이라고는 안 했다. 도둑이라 는 표현은 네가 먼저 말했어. 은애도 옆에 있었으니깐 잘 알 거야. 그렇 지 은애야?"

"은애가 이 상황을 다 봤으니깐 어떻게 된 것인지 말해 주겠니?"

은애는 지금까지 상황을 엄마한테 모두 이야기했다.

잠자코 은애의 이야기를 다 듣고 난 엄마는 옷들을 옮기기 시작했다. 책상 바로 옆에 옷을 개어서 놓았기 때문이다. 맨 마지막 옷이 들춰지자 주황색 연필과 예전에 작은언니가 잃어버렸던 몽땅 연필이 나왔다.

"왜 주황색 연필과 몽땅 연필이 여기에서 나오지?"

엄마는 주황색 연필과 몽땅 연필을 언니들 앞에 내밀었다.

"우선 너희들이 잘못한 것은 자신들의 연필을 잘 챙기지 못한 거야. 그 리고 잃어버린 연필을 찾을 때 서로 협조를 안 한 거고."

"…."

"의심하기 시작하면 모든 것이 다 의심스러워지는데 지금 너희들이 그랬어."

"잘못했어요. 제가 언니인데 은희를 의심해서 계속 필통을 보자고 고집을 부렸어요."

"저도 잘못했어요. 언니가 필통을 보여 달라고 했을 때 안 보여 줬어요."

"둘 다 잘못을 인정하는 거야?"

"네."

"그럼 어떻게 해야 하지?"

"은희야! 너를 의심해서 미안해."

"언니 나도 미안해!"

큰언니와 작은언니는 서로의 손을 잡고 미안하다고 사과했다.

"이 주황색 연필은 은옥이가 갖고 몽땅 연필은 어떡하면 좋을까? 은희는 몽땅 연필 있지?"

"네. 저는 있으니깐 안 줘도 돼요."

"그럼 은애를 줘야겠네. 은애도 내년이면 국민학교 들어가니깐."

그리고 엄마는 지나간 큼직한 달력 한 장을 떼어서 은애에게 주었다. 몽땅 연필을 쥔 은애는 하얀 달력에 자신만의 세상을 그려 가기 시작했다. 어느새 달력 뒷면은 은애의 세상으로 하나씩 채워졌다. 몽땅 연필이 다 닳기까지.

6

수박 서리와 원두막

오늘도 은애는 들마루에 앉아 있었다. 더운 날씨로 수원지를 찾는 사람들이 없어서 집으로 들어가려고 일어섰을 때, 주전자와 부채를 들은 세호 오빠와 보자기에 싼 짐을 들고 세희 언니가 나왔다.

"날씨가 더운데도 곱슬머리는 나와 있네."

"그래서 지금 들어가려고 해."

"우린 원두막 가는데 곱슬머리도 갈래?"

"좋아."

"대신 이 부채 들고 가."

"알았어. 부채 줘."

"오빠가 은애를 데리고 가다니 웬일이야. 지금까지 누굴 데리고 간 적이 없잖아."

"은애 혼자서 들마루에 앉아 있으면 심심하잖아."

"그렇긴 해. 나도 은애와 함께 가면 좋아."

은애는 세호 오빠랑 세희 언니와 함께 원두막을 향해서 걸어갔다. 세호 오빠가 건네준 부채로 열심히 부채질하면서 걸어도 여전히 더웠다. 한여름의 건조한 날씨도 드디어 시나브로 뽀얀 먼지까지 일어났다.

한참을 걸어서 원두막에 도착한 은애는 깜짝 놀랐다. 원두막은 온통 동글동글한 수박 천지였기 때문이다.

"어서들 오거라. 오늘은 은애도 왔구나! 사다리가 높아서 올라오기 힘들 거야. 자, 아저씨 손잡고 올라오렴."

아저씨는 손을 뻗어서 은애의 손을 잡아서 올라오기 쉽게 도와주셨다. 은애는 올라오자마자 손에 들고 있던 부채를 아저씨께 건넸다.

"고맙구나! 은애는 이렇게 많은 수박은 처음 보지?"

"네. 처음 봐요."

은애가 원두막에서 수박을 구경하고 있을 때 세호 오빠와 세희 언니가 원두막으로 올라왔다. 은애를 올려 주고 난 아저씨는 원두막 아래로 내려가서 세호 오빠와 세희 언니가 가지고 온 것을 들고 오셨다. 주전자에는 시원하게 탄 미숫가루 물이 들어 있었고 보자기에는 쑥개떡과 열무 김치가 들어 있었다. 아저씨, 세호 오빠, 세희 언니, 은애 네 사람은 아줌마가 싸 주신 것을 맛있게 먹었다.

더운 날씨이지만 원두막 안은 그다지 덥지 않았다. 사방으로 뚫려 있는 원두막으로 바람이 불어왔기 때문이다.

"아버지! 오늘은 출근 안 하세요?"

"응. 당번이 아니라서 오늘은 출근하지 않아도 돼. 그리고 내일 장사꾼이 와서 수박을 사 가기로 해서 수박을 지켜야 해."

"왜 수박을 지켜요?"

"수박을 훔쳐 가기 때문이지. 그나마 수박만 가져가면 괜찮은데 수박 밭을 엉망으로 만들어 놓고 가니 안 지킬 수가 없구나. 지금 수박을 따려고 하는데 함께 가 볼 사람?"

"저요."

은애가 씩씩하게 대답했다.

"그럼 우리가 먹을 수박은 은애가 따 보자."

"저는 딸 줄 모르는데요."

"아저씨가 도와줄게."

아저씨는 먼저 내려가서 은애가 원두막에서 내려오는 것을 도와주셨다.

　세호 오빠와 세희 언니는 귀찮다고 만화책을 집어 들고선 원두막에 벌러덩 누웠다. 은애는 아저씨 뒤를 졸졸 따라다녔다. 아저씨는 그런 은애가 귀여운지 뒤를 돌아보며 웃으셨다. 생각보다 잎에 가려서 보이지 않는 수박들이 많았다. 아저씨는 잘 익은 수박 고르는 법을 설명해 주셨다. 선이 뚜렷하고 배꼽이 작은 것이 좋다고 하셨다. 아저씨의 설명에 귀를 쫑긋하고 듣는 은애가 귀여운지 아저씨는 은애의 머리를 쓰다듬어 주셨다.

"그리고 마지막으로 '톡톡' 두들겼을 때 맑은 소리가 나는 것이 잘 익은 수박이란다. 우리 은애도 잘 여물었는지 볼까?" 하면서 은애의 머리를 두드리는 시늉을 하셨다.

"음. 아주 야무지게 잘 여물었군." 아저씨는 호탕하게 웃으셨다. 은애는 아저씨의 설명대로 찬찬히 수박을 살폈다. 드디어 맘에 드는 수박을 발견한 은애는 아저씨한테서 가위를 받아서 수박의 줄기를 잘랐다. 은애가 딴 수박은 정말 맛이 있었다. 아저씨도 세호 오빠도 세희 언니도 칭찬해 줬다.

수박까지 맛있게 먹고 나니 솔솔 잠이 오기 시작한 은애는 꾸벅꾸벅 졸았다. 세호 오빠와 세희 언니도 졸다가 누가 먼저라고 할 것 없이 낮잠에 빠졌다. 한참을 자고 있는데 두런두런 사람들 소리가 나서 은애는 잠에서 깼다. 아저씨는 원두막 아래에서 낯선 사람들과 이야기하고 있었다.

"수박을 먹고 싶으면 돈을 주고 사 먹어야지 그냥 가져가면 도둑놈 심보 아닌가?"

"정말 죄송합니다. 용서해 주세요."

"자네들은 몇 학년인가?"

"고등학교 1학년입니다."

"집은 어디지?"

"옆 마을에 살고 있습니다."

"그래서 수박밭이 여기 있다는 것을 알게 되었군."

"네."

"아무리 수박을 먹고 싶어도 농사짓는 사람들을 생각한다면 그러면 안 되는 것 아닌가?"

"정말 다시는 안 그러겠습니다."

"좋아! 자네들 말을 믿어 보기로 하겠네."

아저씨는 그 오빠들을 흔쾌히 용서해 주시고 돌아갈 때 수박 한 통도 주셨다. 은애는 수박밭에서 보낸 하루를 떠올리며 아저씨처럼 멋진 어른이 될 것이라고 다짐했다.

7

굴다리에서 물놀이

한여름의 더위는 절정에 달했다. 들마루엔 아침이나 더위가 한풀 꺾인 오후에나 앉을 수 있었다. 더운 날씨에 들마루에는 엉덩이가 뜨거워져서 앉아 있을 수가 없었다. 한낮에는 덥고 귀찮아서 방안에서 꼼짝 안 하고 있다가 '아이스께끼'라고 외치는 아저씨가 나타나면 동네 사람들은 바가지나 양푼을 가지고 몰려들었다. 아저씨는 얼음을 넣은 아이스박스에 '아이스께끼'를 넣고 다니며 팔았다. 오늘처럼 더운 날이면 빨리 달려야 '아이스께끼'를 살 수 있었다. 운이 없으면 '아이스께끼'가 다 팔렸기 때문이다. 아저씨의 목소리가 나자 큰언니는 엄마한테 돈을 받아서 냅다 뛰었고 그 뒤로 작은언니와 은애도 뛰었다. 세호 오빠는 벌써 와서 줄서 있었다. 꼭 '아이스께끼'를 살 수 있기를 기도하고 있을 때 간신히 큰언니 차례가 되어서 살 수 있었다. '아이스께끼'는 깨물지 않고 돌려가며 먹어야 속에 있는 통팥이 나와서 더 맛있게 먹을 수가 있다.

시원한 '아이스께끼'를 먹고 나니 물놀이를 가자는 세희 언니 말에 은애와 언니들은 속옷과 수건을 챙겨서 굴다리에 갔다. 굴다리는 자동차나 사람들이 연신 지나다니고 있었고 냇가에는 아이들이 물놀이하고 있었다. 어른들도 한적한 곳에 돗자리를 깔고 앉아서 쉬고 있었다. 굴다리 안으로 들어갈수록 물이 깊어서 가장 깊은 곳은 어른들의 키보다 깊다고 하였다. 언니들과 은애는 벗은 겉옷과 신발을 모아서 한적한 곳에 돌로 눌러놓고 천천히 물에 들어갔다. 헤엄을 칠 줄 모르는 은애와 언니들은 얕은 물에서 물장난을 치면서 놀았다. 놀다가 추우면 따뜻하게 데워진 돌 위에 앉아서 햇볕을 쬔 다음에 다시 물에 들어갔다. 한참이나 지나서 세희 언니가 돌아왔다.

"우리 오빠도 여기에 와 있는 것 있지! 아까 함께 가자고 했을 때 싫다고 하더니 친구들과 헤엄치면서 놀고 있더라. 지금까지 뭐 하면서 놀았어?"

"물장구."

"헤엄을 잘 치려면 물장구도 중요해. 내가 물장구치는 법을 가르쳐 줄게."

언니들과 세희 언니는 물장구를 칠 수 있는 곳으로 갔고 은애는 따뜻하게 햇볕을 쬐고 나서 이쁜 돌들을 찾기 시작했다. 돌에 정신이 팔려서 고개를 숙이고 점점 물속으로 들어가고 있는 은애 앞으로 돌 하나가 '풍덩' 떨어졌다. 물이 얼굴에 튀자 깜짝 놀란 은애가 고개를 번쩍 들었다.

"야, 임마. 그러다가 물속으로 완전히 들어가겠다."

"오빠. 깜짝 놀랐잖아!"

"너 그러다가 큰일 나."

"뭐가 큰일 나는데?"

"점점 물속으로 들어가고 있잖아."

"아니거든."

"뭐가 아니야. 그럼 고개 숙이고 뭐 했는데."

　　　　　　　　　　　　　　　　아카시아 향기

"이쁜 돌을 찾고 있었어."

"이 바보! 돌멩이에 정신이 팔려서 물속 귀신한테 끌려갈 뻔했네. 지금 네가 있는 곳을 봐."

은애는 어느새 허리까지 물이 차 있는 곳에 들어와 있었다. 은애는 물속에서 자꾸 자기의 발을 잡아당기는 것 같아서 무서운 생각이 들었다. 할머니가 들려준 옛날이야기에 의하면 물속에는 물귀신이 있어서 물속으로 끌고 간다고 했었다. 은애가 겁에 질려서 꼼짝을 안 하고 있자 세호 오빠가 '피식' 웃으며 은애한테 왔다.

"자. 내 손 잡아."

은애는 내미는 세호 오빠의 손을 힘껏 잡았다. 세호 오빠도 은애가 안심할 수 있도록 힘을 주어서 은애의 손을 잡아 주었다. 그리고 은애가 물에서 나올 수 있도록 천천히 걸었다. 은애가 물에서 완전히 나올 때까지 세호 오빠는 은애의 손을 꼭 잡고 있었다. 은애는 물에서 나오자 긴장이 풀리면서 부들부들 몸이 떨렸다. 세호 오빠는 은애를 따뜻한 돌에 앉혀 주고 어디론가 갔다 오더니 커다란 남방을 은애에게 덮어 주었다. 세호 오빠 남방인 것을 집에 돌아갈 때 알았다. 은애가 차츰 안정을 찾고 있을 무렵 언니들과 세희 언니가 왔다.

"야. 너희들 어디 갔다 오는 거야?"

"왜?"

"은애를 데리고 왔으면 잘 챙겨야지?"

"오빠. 무슨 일 있었어?"

"은애를 내팽개쳐 놓고 너희들끼리만 노냐. 하마터면 물에 빠질 뻔했어."

"정말이야?"

큰언니와 작은언니가 놀라서 돌 위에 앉아 있는 은애에게 달려왔다.

"그런데 오빠는 은애가 물에 빠지려고 하는 것을 어떻게 알았어?"

"아까 네가 은옥이랑 은희, 은애하고 왔다고 해서 와 봤지. 그런데 너희들 모습은 안 보이는데 은애가 고개를 숙이고 점점 깊은 물 속으로 들어가고 있잖아. 그래서 못 들어가게 했지."

"고마워. 오빠 아니면 우리 은애 큰일 날 뻔했다."

큰언니와 작은언니는 집으로 돌아갈 때 양쪽에서 은애의 손을 꼭 잡고 걸어갔다. 이후로 은애는 물가 근처에는 얼씬도 하지 않았다.

8

관사로 이사

뜨거웠던 여름이 지나고 파란 하늘이 그림처럼 예쁜 가을이 되었다. 수원지에 있는 나무들이 울긋불긋 물들어 갈 때 은애네는 관사로 이사했다. 관사는 세호 오빠네에서 걸어서 15분 정도 걸렸다. 세호 오빠네 살 때는 아궁이에 불을 때야 방이 따뜻했는데 관사는 스위치만 올리면 한겨울에도 내복만 입고 지낼 수 있을 정도로 따뜻했고 밥은 전기밥솥으로 지었기 때문에 엄마가 좋아했다. 관사의 부엌은 흰 타일이 깔끔하게 붙여져 있고 현관에는 커다란 신발장이 있어서 신발을 넣는 데도 편리했다. 화장실은 밖에 있는 공용 화장실을 사용했는데 3칸으로 되어 있어서 불편하지 않았다.

관사는 총 여섯 채가 지어졌는데 은애네가 제일 먼저 이사를 왔다. 관사는 2개의 방과 부엌. 그리고 거실과 현관이 있는 양옥으로 지어졌다. 큰 방은 엄마와 아빠, 은철이가 쓰고 작은 방은 은애와 언니들이 생활했다. 가끔가다 아빠가 출장을 가면 안방에서 함께 잠을 잤는데 은철이, 엄마, 은애, 작은언니, 큰언니 순으로 잠을 잤다. 은애는 안방에서 잠을 자년 엄마 옆에서 잠을 잘 수 있어서 좋기도 하지만 무엇보다도 언니들의 팽팽한 신경전을 안 봐서 좋았다. 작은방에서 잘 때는 큰언니, 은애, 작은언니 순으로 잠을 잤다. 한 이불을 세 명이 덮다 보니 양쪽에서 언니들이 이불을 잡아당기면 가운데 있는 은애는 양쪽으로 '횡' 하니 이불이 들렸다.

"언니들! 이불 좀 그만 잡아당겨."

"큰언니가 이불을 더 많이 가져갔어."

"그건 내가 할 소리야! 이불이 없어서 한쪽을 다 못 덮고 있어."

"아이고. 또 시작이야. 그럼 내 쪽으로 오면 되잖아!"

"네가 잠을 험하게 자서 더 가까이 가고 싶지 않아."

"그럼 나하고 잠자리를 바꾸든가."

"난 싫어."

"나도 가운데는 답답해서 싫어."

"그럼 어쩌라는 거야."

매번 잠자리에서 일어나는 실랑이다. 은애는 할 수 없이 양팔을 이불 위로 내려놓았다. 누워서 차렷 자세를 하면 언니들이 잡아당기는 이불의 틈새를 그나마 막을 수가 있었다. 그러나 자다 보면 걷어찬 이불이 한쪽으로 가 있거나 발밑에 있는 경우가 많았다. 자다가 춥거나 언니들이 발로 차서 일어나 보면 영락없이 은애는 언니들의 발밑이나 방의 구석에 가 있었다. 그러면 은애는 엉금엉금 기어서 잠자리로 가서 다시 잠을 잤다.

관사에 이사 온 후로 가장 큰 변화는 놀이터가 생긴 것이다. 놀이터에는 시소, 그네, 뺑뺑이, 미끄럼틀이 있고 한가운데에는 모래밭이 생겼다.

은애는 언니들이 학교에 가면 혼자서 놀이터에 가서 놀이기구를 타다가 싫증이 나면 모래밭에서 엄마의 빈 화장품 용기나 못 쓰는 그릇을 가지고 흙장난하면서 놀았다. 이젠 들마루 대신 놀이터가 은애의 은신처가 되었다. 처음엔 은애 혼자 노는 시간이 많았지만 다른 집들이 이사 오면서 친구도 생겼다. 엄마와 아빠는 은애네가 관사로 이사하고 한 달 후인 일요일에 세호 오빠네 가족을 초대했다.

"집이 왜 이리 좋습니까? 궁궐이네요. 이것 받으시고 집안이 불같이 번창하세요."

세호 오빠네가 사 온 팔각형 성냥과 초는 곤로를 사용하거나 전기가 나갔을 경우 요긴하게 사용되었다. 세호 오빠네를 초대한 덕분에 콩을 넣은 밥과 고깃국 그리고 여러 가지 나물들과 고등어조림으로 한 상이 차려졌다. 언니들은 세희 언니와 함께 앉았고 은애는 세호 오빠 옆에 앉아서 밥을 먹게 되었다. 은애는 밥에 들어 있는 콩을 싫어해서 콩을 빼고 밥만 먹었다. 콩을 먹으려고 해도 목구멍으로 넘어가지 않고 입안에서만 맴돌았다.

"곱슬머리. 콩을 먹어야 학교 들어가서 공부도 잘할 수 있어."

"그래도 목구멍에서 안 넘어가."

세호 오빠는 은애가 먹지 않고 남겨 놓은 콩을 냉큼 가져가서 먹었다. 그러자 은애는 나머지 콩들도 골라서 세호 오빠 밥그릇에 얹어 놓았다. 콩을 제외하면 은애는 무엇이든지 잘 먹었다. 특히 생선을 좋아하는 것을 알고 있는 세호 오빠는 고등어 살을 발라서 은애한테 주었다. 밥을 먹고 나서는 세호 오빠와 세희 언니 그리고 큰언니, 작은언니와 함께 놀이터에 가서 놀았나.

"곱슬머리. 들마루에 앉아 있는 것보다 놀이터에서 노는 것이 더 좋지?"

"그렇긴 한데 여기에서는 관사 사람들 외에는 다른 사람들을 볼 수가 없어. 난 사람들을 보는 것이 좋은데 말이야."

"왜 좋아?"

"사람들의 얼굴을 보면 재미있어. 생긴 것과 표정이 모두 다르잖아."

"별걸 다 좋아한다."

세호 오빠는 '피식' 웃으면서 그녀와 시소도 함께 타고 뺑뺑이도 돌려줬다. 다섯 명 아이들의 웃음소리가 놀이터를 가득 채운 하루였다.

9

드디어 국민학교에 입학하다

　은애는 싱숭생숭하다. 내일이면 국민학교에 입학하기 때문이다. 그동안 학교에 빨리 들어갔으면 좋겠다고 생각은 했지만 막상 내일로 다가오니 두려운 마음이 들었다.

"은애야! 이것 읽어 봐."

"몰라. 내가 어떻게 알아! 아직 안 배웠는데."

"배웠다고 다 아는 것은 아니야. 2학년이지만 한글과 숫자를 모르는 친구들도 있어."

"정말이야?"

"그래. 그러니 너도 열심히 공부해야 할걸? 공부가 끝나면 받아쓰기해서 나머지 공부도 하는데 너도 고생길 열렸다."

"난 학교에 들어가면 공부 열심히 해서 나머지 공부는 절대 안 할 거야."

"네 맘대로 되는지 보자. 암튼 학교에 들어가지 않은 지금이 자유롭고 좋은 줄만 알아!"

"왜?"

"학교에 들어가면 숙제도 있고 시험도 보고 여러 가지 규칙을 지켜야 하기든. 암튼 학교 다니기 시작하면 여러 가지로 성가신 일이 많아!"

은애는 작은언니의 말을 듣고 나니 걱정되어서 밤잠을 설쳤다. 싱숭생숭한 가운데 드디어 입학하는 날이 되었다. 은애는 엄마가 사 준 새 코트를 입고 신발을 신었다. 엄마는 은애의 코트 왼쪽에 옷핀으로 손수건을 달아 주었다. 입학하는 날이라서 엄마의 손을 잡고 학교에 갔는데 학교 운동장에는 엄마나 아빠, 할머니와 할아버지의 손을 잡고 온 친구들이 많았다. 은애도 엄마의 손을 꼭 잡고 입학통지서에 적혀 있는 2반으로 갔다. 2반 선생님은 예쁘신 여자 선생님이셨다. 엄마는 2반 선생님과 인사를 하고 나서 은애를 남겨 놓고 학부모들이 있는 곳으로 가셨다. 은애는 엄마와 떨어지자 불안한 마음에 엄마 쪽을 자꾸 쳐다보았다.

"조은애. 이름이 참 이쁘구나! 은애는 키가 크니깐 뒤로 가서 서야 할 것 같구나."

선생님은 은애의 손을 잡고 뒤쪽으로 가서 자리를 정해 주셨다. 짝꿍은 남학생으로 은애보다 조금 작았다. 은애가 반에서 제일 키가 컸다.

"앞사람의 뒤통수를 보세요."

선생님은 '앞으로나란히'를 해서 줄을 맞출 수 있게 도와주셨다. 앞사람이 줄을 잘 서야 뒷사람도 잘 설 수가 있었다. 반복해서 연습한 결과 차렷과 경례도 제법 할 줄 알게 되었다. 이윽고 전교생들이 운동장에 모이자 전교 회장이 앞으로 나와서 조회대에 섰다. 학생들을 향해서 뒤를 돈 전교 회장은 눈에 익숙한 세호 오빠였다. 조회대에서 씩씩하게 구령하는 세호 오빠는 지금까지 알고 있던 세호 오빠가 아니라 낯설게 느껴졌다. "건강하고 씩씩하게 자라서 이 나라의 기둥이 되세요."라는 교장 선생님의 훈화가 끝나자 1학년 신입생들과 재학생들 간의 맞인사가 있었다. 1학년 전체가 뒤로 돌아서서 재학생들과 맞인사를 하는 것인데 맨 뒤에 서 있는 은애는 앞에 있는 2학년들과 눈이 마주치자 떨리고 긴장되었다. 2학년들은 어설픈 1학년들을 보면서 '키득키득' 웃기 시작했다. 담임 선생님들의 주의를 받고 나서야 2학년들은 웃음을 참으며 조용히 했다. 곧이어 선생님들의 소개도 끝나고 담임 선생님을 따라서 교실로 들어갔다.

"옆에 있는 짝꿍하고 손을 잡으세요. 교실에 가서 앉을 때도 짝꿍하고 함께 앉을 거예요."

담임 선생님은 교실에 들어온 학부모들에게 준비물과 앞으로 지도해야 할 사항을 알려 주고 노란 명찰을 나누어 주셨다. 엄마가 손수건 위에 노란색 명찰을 달아 주었다. 은애는 손으로 몇 번이나 명찰을 쓰다듬어 보았다. '나도 이젠 국민학생이다.'라는 생각이 들자 은애는 가슴이 두근거리며 설레었다.

한글 깨치기

　은애의 인생에 있어서 가장 놀라운 것은 바로 한글을 깨친 것이다. 한글을 깨치기 전과 후로 은애의 인생이 달라졌다고 해도 과언이 아니다. 숙제하는 언니들 옆에서 지켜보는 한글은 외래어 같았는데 이젠 은애도 한글을 배우게 되었다. 은애는 아침에 일찍 일어나서 세수하고 옷을 갈아입었다. 아침밥만 먹으면 바로 학교에 갈 수 있도록 준비했다.

"참 너희 담임 선생님은 정애자 선생님이시지? 그 선생님이 담임 선생님이라서 다행인 줄 알아."

"왜?"

"1반이면 큰일 날 뻔했어. 1반 선생님은 무서운 남자 선생님이라고 소문이 났거든. 그러나 정애자 선생님은 친절하고 상냥하셔서 인기가 많아."

"정말 다행이다. 나도 우리 반 선생님이 좋아."

은애와 언니들은 아침밥을 먹고 학교로 향했다. 입학한다고 아빠가 사준 빨간 가방을 메고 가슴에 손수건과 노란 명찰을 달고 가는 은애의 발걸음은 무척 가뿐했다.

　정애자 선생님은 선 그리는 것부터 원, 세모, 네모 그리기도 가르쳐 주

　　　　　　　　　　　　　　　　　　아카시아 향기

셨다. 그리고 배운 것을 연습장에 2장씩 해 오도록 숙제도 내주셨다. 처음으로 숙제가 생긴 은애는 얼른 집에 가서 숙제하고 싶은 마음에 공부가 끝나자마자 교실을 잽싸게 나왔다. 복도에는 경미가 기다리고 있었다. 경미는 무서운 남자 선생님이 담임인 1반이다. 학교에서 돌아온 은애는 가방을 내려놓자마자 엄마한테 오늘 배운 것과 학교에서 있었던 일들에 대하여 '종알종알' 이야기했다. 처음으로 은애가 엄마한테 많은 이야기를 한 날이다.

"은애가 학교에서 재미있었구나!"

"응. 재미있었어요. 그리고 오늘 숙제도 있어요."

은애는 책가방에서 연습장과 색연필을 꺼내서 숙제하기 시작했다. 이런 은애의 모습을 엄마는 흐뭇하게 바라보셨다.

　은애는 공부 시간이면 한눈팔지 않고 집중하며 오로지 선생님의 설명을 들었다. 선생님이 가르치는 대로 따라 한 결과 책을 정확하게 읽을 수 있게 되었다.

"조은애. 잘 읽었어요."

처음으로 선생님의 칭찬을 받은 은애는 '나도 할 수 있다'라는 자신감이 생겼다. 이런 자신감은 은애의 '한글 공부'에 힘을 보태서 테레비에서 광고가 나오면 무조건 큰 소리로 따라 읽었다. 길을 가다가도 간판이 나오면 멈춰서서 그 간판을 읽고 나서야 지나갔다. 공부 시간에도 선생님 설명을 잘 듣고 숙제도 열심히 한 결과 '받아쓰기' 시험을 봐도 은애의 연습장은 동그라미로 가득 찬 날이 많았다.

오늘도 공부가 끝나자 '받아쓰기' 시험을 보았다.

"모두 연습장을 꺼내요. 책상 가운데에 가방을 올려놓는데 짝꿍 것을 보면 안 돼요."

여기저기에서 지우개로 '벅벅' 지우는 소리. 책상과 의자의 '삐그덕'거리는 소리가 교실 전체를 덮어버렸다. 은애도 선생님이 부르는 단어를 쓰기 시작했다. 지우개로 지운 곳엔 연필에 침을 묻혀 가면서 진하게 썼다. 공부 시간보다 진지한 '받아쓰기' 시험 시간이었다.

아카시아 향기

11

내 친구 용숙이

은애는 공부가 끝나자 경미와 함께 집에 가려고 1반에 갔는데 경미가
안 보였다. 두리번거리면서 찾아봐도 경미가 안 보이자 영지한테 경미
의 행방을 물어보았다.

"혹시 경미 어디 있는지 아니?"

"경미는 아까 배가 아프다고 해서 집에 갔어."

"언제?"

"한 시간 수업 끝나고 6학년 경미 오빠가 데리고 갔어."

"알려 줘서 고마워."

은애는 경미의 상황을 알고 나자 서둘러 집으로 향하기 시작했다. 경
미와 함께 가던 길을 혼자서 가려고 하니깐 위축되고 긴장이 되지만 방
법이 없다. 그렇다고 큰언니나 작은언니와 함께 가려면 한참을 기다려
야 했다. 무엇보다 배가 고파서 얼른 집에 가서 밥을 먹고 싶었다. 부지
런히 가다 보니 용숙, 미정, 숙자가 앞서가고 있는 것이 보였다. 용숙이
와 미정이는 은애와 같은 반이고 숙자는 경미와 같은 반이다. 혼자서 가
는 것보다 친구들이 보이니깐 마음이 한결 놓였다. 은애는 인도의 한쪽

을 쉬고 그 친구들과 적당한 거리를 두고 걸어가고 있는데 생각지 못한 난감한 일이 생겼다. 한 무리의 남학생들이 길에서 쉬면서 장난을 치고 있었다. 용숙이와 미정, 숙자는 대수롭지 않게 남학생들을 지나쳐서 걸어갔지만 혼자 걸어가고 있던 은애는 긴장이 되었다. 그렇다고 되돌아서 갈 수도 없어서 그냥 무시하고 지나가기로 마음을 먹었다. 은애가 그 남학생들을 막 지나쳐서 걸어갈 때였다.

"야! 꺽다리."

"꺽다리가 뭐냐. 곱슬머리라고 해야지."

남학생들은 지나가는 은애를 놀리기 시작했다. 은애는 얼른 남학생들 곁을 지나가고 싶은 마음에 못 들은 척했다.

"설마 우리가 한 이야기를 못 들은 거야?"

"그럼 듣게 해 줘야지."

길가에 앉아 있던 남학생들이 일어나서 은애의 길을 가로막았다. 은애는 눈앞이 캄캄해졌다. 어떻게 해야 좋을지 두려움이 앞섰다. 은애가 노려보자 같은 반인 빈득이라는 남학생이 은애한테 한 발짝 더 다가왔다. 학급에선 '빈대'라는 별명으로 불렸다. 이름이 빈대와 비슷하기도 하지만 키도 작아서 맨 앞에 앉았기 때문이다.

"꺽다리. 너는 무엇을 먹고 이렇게 키가 크냐? 나보다 목이 하나 더 있네."

"내가 크는 동안 너는 뭐 했냐?"

"이 꺽다리가 사람 속을 뒤집네."

"그러니까 왜 먼저 시비를 거냐."

"뭐라고. 너 오늘 집에 다 간 줄 알아."

"빈득아! 키야 어쩔 수 없잖아. 꺽다리가 되고 싶어서 된 것은 아니잖아.

그보다 나는 좋은 가방을 메고 있는 것이 더 맘에 안 들어."

"그렇지. 재형이는 가방이 있지만 철수와 나는 책보를 메고 다니는데 말이야."

"이제 보니까 관사에서 살고 있다고 으스대고 있었네."

"너희들 내일 선생님에게 다 이를 거야."

"맘대로 실컷 일러라. 하나도 안 무섭다."

아무리 해도 끝나지 않을 것 같아서 말싸움을 그만두고 은애가 지나가려고 하자 빈득이가 막아섰다. 처음엔 겁이 났지만 빈득이가 자꾸 앞을 막으니 화가 난 은애가 빈득이를 힘껏 밀쳤다. 그러자 빈득이는 벌러덩 내동댕이쳐졌다.

"너 죽었어. 나를 밀쳤어."

옷에 묻은 흙을 털며 일어난 빈득이가 은애를 향해서 달려들려고 할 때였다.

"쪼잔하게 너희들 뭐 하는 거야. 셋이서 고작 한 명의 여학생을 괴롭히고 있냐."

"너는 상관없는데 왜 끼어들어! 짝꿍이라고 봐주는 것 없다."

"누가 할 소리를 하냐. 너희들 하는 짓을 보니깐 한심해서 다시 왔다."

"싸움닭. 그냥 가라. 너하고는 볼일이 없으니깐."

"뭐라고? 지금 싸움닭이라고 했냐?"

"맞는 말이잖아."

"그럼 싸움닭의 이름값을 해야겠네. 덤벼 봐. 이 빈대야."

"지금 나보고 빈대라고 했나?"

"그렇다면 어쩔 거야."

　용숙이와 빈득이가 몸싸움하기 직전 미정이와 숙자도 되돌아서 왔다. 숙자는 물고 할퀴는 것을 잘해서 숙자하고 싸우고 나면 싸운 흔적이 오랫동안 남았다. 용숙이와 미정, 숙자가 오자 남학생들은 슬그머니 뒤로 빠지더니 다른 길로 가기 시작했다. 그래도 아쉬웠는지 약을 올리면서 갔다.

"은애야! 괜찮아?"

"응. 괜찮아. 도와줘서 고마워."

"당연히 도와야지."

은애와 용숙이는 이번 일을 계기로 단짝 친구가 되었다. 용숙이는 눈, 코, 입이 큼직해서 오밀조밀한 은애와는 대조적으로 생겼다. 키도 외모만큼 달랐다. 은애가 꺽다리라고 불릴 만큼 키가 커서 맨 뒤에 앉지만 용숙이는 키가 작아서 빈득이와 짝꿍이다. 1번이 빈득이고 2번이 용숙이다. '작은 고추가 맵다.'라는 말이 있듯이 용숙이는 키가 작아도 힘이 세고 날렵해서 싸움에서 진 적이 없었다. 그래서 남학생들도 용숙이를 건드리지 못했다. 활달한 성격인 용숙이는 불의를 보면 참지 못했다. 약한 친구를 괴롭히면 바로 응징해서 다시는 괴롭히지 못하게 하였다. 그래서 친구들한테는 용숙이가 '해결사'로 통했다. 이런 용숙이와 단짝 친구가 된 은애는 든든했다. 어떤 친구들이 자신한테 까불어도 기죽지 않게 되었다. 은애는 용숙이와 경미를 포함하여 미정, 숙자하고도 친해서 다섯 명은 언제나 함께 어울려 다녔다.

12

미술 시간

은애는 그림 그리는 것을 좋아한다. 흰 도화지를 보면 하얀 눈이 내린 것처럼 가슴이 설레었다. 오늘도 미술이 들었는데 준비물은 도화지와 크레용이다. 은애는 엄마가 사 준 흰 도화지와 왕자파스 크레용을 책상 위에 올려놓았다. 짝꿍인 태형이도 똑같은 왕자파스 크레용을 사 왔다. 그러나 준비물을 못 챙겨 온 친구들도 있었다. 선생님은 이런 친구들에게 도화지를 한 장씩 나눠 주고 크레용은 짝꿍에게 빌려서 그릴 수 있도록 했다. 문제는 짝꿍 모두 크레용을 못 가지고 온 친구들이 있었으니 바로 빈득이와 용숙이였다.

"미안한데 네 크레용 빌려 써도 돼?"

"너도 있잖아."

"내 크레용은 용숙이한테 빌려주고 싶어."

"왜?"

"용숙이와 빈득이 모두 크레용을 안 가지고 왔어."

"대신 크레용 부러뜨리면 안 돼."

"고마워. 조심할게."

은애는 태형이한테 내답을 하고 손을 들었다.

"제 크레용을 용숙이한테 빌려주고 싶어요."

"그럼 너는 어떻게 그림을 그리지?"

"저는 태형이가 빌려준다고 했어요."

"정말 그래도 되겠니?"

"은애랑 그렇게 하기로 했어요."

용숙이는 은애에게 '고맙다'고 말하고 크레용을 빌려 갔다.

"오늘 학교 오기 전에 거울 보고 온 사람 손 들어 보세요."

선생님의 질문에 서너 명이 손을 들었다.

"그럼 머리는 어떻게 빗었나요?"

"엄마가 머리를 묶어 주었어요." "할머니가 빗겨 줬어요." 등등 아이들은 오늘 아침에 있었던 일에 대하여 말하였다.

"그래서 여러분들 머리가 단정하니 이쁘군요. 자! 지금 선생님이 들고 있는 것은 뭐지요?"

"거울요."

"맞아요. 이 거울을 교탁에 놓을 테니깐 한 명씩 나와서 자신들의 얼굴을 보세요. 그러나 조건이 있어요. 거울을 보고 웃어야 합니다. 왜냐하면 이번 미술 시간에 '내 얼굴'을 그려야 하는데 이왕이면 웃는 얼굴을 그리는 것이 좋겠지요. 그럼 1번 빈득이부터 나와서 거울을 보세요."

주춤거리며 빈득이가 앞으로 나가서 거울 앞에 섰다. 빈득이는 쑥스러운지 거울을 보고 몸을 비비 꼬았다. 빈득이가 멋쩍어서 머뭇거리자 선생님이 먼저 거울을 보고 활짝 웃으셨다. 그러자 빈득이도 용기를 내서 거울을 보고 웃었다. 환하게 웃는 빈득이는 귀엽기까지 했다. 은애는 거울

아카시아 향기

을 보고 웃는 친구들을 보면서 세호 오빠네 들마루에서 보았던 사람들의 얼굴이 생각났다. 깔깔대거나 호탕하게 웃던 얼굴, 얼굴을 찡그리거나 우는 얼굴, 삐친 얼굴, 무표정한 얼굴 등 사람들의 표정은 다양했다.

　은애가 생각에 잠겨 있을 때 맨 앞에 앉아 있는 용숙이가 손을 흔들며 웃었다. 은애도 용숙이를 발견하고 웃었다. '그래, 지금처럼 웃자.'라고 다짐하고 있을 때 은애 차례가 되었다. 은애는 거울 앞에 섰다. 그러나 막상 거울 앞에 서니깐 지금까지 자신의 얼굴을 제대로 본 적이 없다는 것을 알게 되었다. 처음으로 진지하게 거울 속의 자신과 마주한 순간이었다. 은애는 천천히 거울 속의 은애를 보았다. 속 쌍꺼풀인 작은 눈도 은애를 따라서 쳐다보기 시작했다. 얼굴을 위와 아래로 보기도 하고 오른쪽과 왼쪽으로도 바라보았다. 낯익은 얼굴이지만 또한 낯선 얼굴이기도 했다. 은애는 거울 속에 있는 보조개를 보니 반가웠다. 보조개를 보고 웃자 거울 속의 은애도 따라서 웃었다. 은애를 마지막으로 '거울 보기'가 끝이 났다. 얼굴을 도화지에 그리면서 자기의 얼굴이 어떻게 생겼는지 짝꿍에게 물어보는 친구들도 있었다.

"응. 꽐쥐 같아."

"뭐라고? 넌 혹부리영감 같아."

'내 얼굴'을 그리는 미술 시간으로 친구들과 더 친해질 수 있었다. 이후로 선생님은 크레용을 많이 모아서 가져오셨다. 대부분 부러지거나 짜리몽땅 크레용이었지만 크레용을 살 수 없는 친구들한테는 소중한 크레용이었다.

13

책상에 선 긋기

짝꿍과 가장 많이 싸우는 것은 책상 때문이었다. 책상을 함께 사용하다 보니 짝꿍의 책이나 공책이 넘어오는 경우가 많았다. 그래서 책상의 한가운데에 선을 그어 놓고 조금도 넘어오지 못하도록 하였다. 대부분 책상이 여기저기 움푹 파여 있고 선도 그어져 있는데도 그 위에 더 진하게 선을 그었다.

"야. 여기부터는 내 자리이니깐 넘어오지 마라."

"빈득이 너야말로 넘어오지 마라."

3교시가 시작되면서부터 빈득이와 용숙이는 또 으르렁거렸다. 오른쪽에 앉은 빈득이는 왼손잡이고 왼쪽에 앉은 용숙이는 오른손잡이라서 더 자주 싸웠다. 오늘도 앞에 앉아 있는 빈득이와 용숙이가 티격태격하는 소리가 뒤에 앉아 있는 은애까지 들렸다.

평상시에는 책상으로 인해서 불편하지 않았는데 미술 시간만큼은 은애도 신경이 쓰였다. 도화지와 크레용을 올려놓으니 책상이 꽉 찼다. 이번 미술 시간의 주제는 '가족'이라서 은애는 엄마와 아빠, 은철이를 앞에 그리고 뒤에는 큰언니, 작은언니, 은애 자신을 그리고 나서 색칠하기에

아카시아 향기

바빴다. 몰두해서 색칠하다 보니 태형이와 함께 책상을 쓰고 있다는 사실을 까맣게 잊어버렸다.

"야. 여기는 내 책상이야."

"깜짝이야. 그렇다고 팔꿈치를 치냐?"

"아까부터 말을 해도 건성으로 대답하고 내 책상을 다 차지하고 있잖아. 그럼 난 어떻게 그림을 그리냐?"

"네가 팔꿈치를 쳐서 그림이 망가졌잖아."

"그러니깐 좋은 말로 할 때 비켰어야지."

은애와 태형이는 점점 큰 소리로 싸우기 시작했다.

그동안 은애와 태형이가 싸운 적이 없기에 반 아이들은 모두 뒤를 돌아다봤다. '너네도 싸울 때가 있구나!'라는 표정으로 쳐다보는 친구들도 있었고, 재미있는 것을 구경하듯이 키득거리면서 쳐다보는 친구들도 있었다.

"너희들이 웬일로 싸우니?"

"선생님! 태형이가 내 팔꿈치를 쳐서 그림이 망가졌어요."

"은애가 내 책상까지 차지해서 그림을 그릴 수가 없어요."

선생님은 은애와 태형이가 하는 말을 듣고 나서 고개를 끄떡이셨다.

"은애야! 태형이의 책상까지 차지하면 태형이는 그림을 어떻게 그리지? 그리고 태형아! 네 책상까지 넘어왔다고 그림을 그리고 있는 은애의 팔꿈치를 치면 은애의 그림이 망가지겠지. 먼저 은애한테 말을 해서 비켜 달라고 하지 그랬어?"

"몇 번이나 말을 했는데도 대답만 하고 안 비키잖아요."

"저런! 그랬어? 그런데 은애는 왜 대답만 하고 비키지 않았어?"

"저는 비키라는 소리를 못 들었어요."

은애의 얼굴은 불그스름하게 상기되어 있고 손은 크레용으로 여기저기 칠해져 있었다.

"은애가 그림을 열심히 그려서 태형이가 하는 말을 못 들은 것 같구나! 그렇지 은애야?"

"네. 저는 태형이가 비켜 달라고 하는 말을 못 들었어요."

"태형아! 대답만 하고 비켜 주지 않은 것은 잘못했는데 은애가 일부러 그런 것은 아닌 것 같구나!"

"생각해 보면 저도 만화책을 읽을 때 할머니가 부르는데 건성으로 대답해서 혼난 적이 있었어요. 아마 은애도 그랬을 것 같아요."

"그럼 은애와 태형이는 서로 잘못한 것에 대하여 인정하는 건가?"

"네. 선생님."

"책상이 좁아서 불편하겠지만 서로를 배려해 주면 얼마든지 극복할 수 있단다! 앞으로도 잘 지냈으면 좋겠구나."

은애와 태형이는 서로 사과하고 다시 그림을 그리기 시작했다. 은애는 그림을 그리다가 곁눈질로 태형이의 그림을 봤다. 태형이의 그림에는 할머니와 할아버지 그리고 태형이만 그려져 있었다. 태형이도 부모, 형제가 있으리라고 생각했는데 무언가 사정이 있을 것 같다는 생각이 들었다. 은애는 짝꿍인 태형이가 궁금해지기 시작했다.

아카시아 향기

14

내 짝꿍

은애의 짝꿍은 임태형이다. 키는 은애보다 조금 작지만, 남학생 중에는 제일 크다. 태형이는 남학생들과 싸우거나 여학생들을 괴롭히지는 않으나 딱히 친하게 지내는 친구도 없다. 유일하게 말을 거는 사람이 짝꿍인 은애다. 은애는 학교에 입학한 뒤로 성격도 활달하고 말이 많아졌다. 그래서 짝꿍인 태형이한테도 먼저 말을 거는 경우가 많았다.

"태형아! 너 숙제했니?"

"응. 넌?"

"물론 나도 했지."

저번 미술 시간에 싸운 이후로 은애와 태형이는 더 친하게 지내고 있다. 오늘도 그랬다. 책상 위가 홈으로 파인 곳이 많아서 책받침이 있어야 공책에 글씨를 매끄럽게 쓸 수가 있는데 은애는 책받침을 안 가지고 왔다. 어제 숙제할 때 작은언니가 책받침을 빌려 달라고 해서 빌려주었는데 깜빡하고 그냥 학교에 온 것이다. 책받침 없이 공책에 글씨를 쓰니간 삐뚤빼뚤 글씨가 춤을 췄다.

"이것 써."

"너는?"

"난 다 썼어."

"고마워."

"그런데 왜 책받침이 없냐?"

"어제 작은언니한테 빌려주고 그냥 왔어."

"빌려 달라고 하는 언니가 있어서 좋겠다."

"좋긴 뭐가 좋냐! 맨날 싸우는데."

"그래도 부럽다."

은애는 문득 태형이가 그렸던 가족 그림이 생각났다. 왜 할머니와 할아버지만 그렸는지 궁금했는데 며칠 후에 알게 되었다.

이날도 어김없이 받아쓰기 시험을 봤다. 단어가 아니고 문장이라서 좀 어려웠다. 10문제 모두 맞으면 집에 돌아갈 수 있지만 틀린 문제는 다시 시험을 봐서 통과하거나 10번씩 써야 집으로 돌아갈 수 있었다. 선생님이 채점한 공책을 돌려주면서 은애와 태형이가 100점 맞은 것을 알려 주셨다. 아이들의 부러움을 사면서 둘은 교실을 나섰다. 은애는 용숙이와 미정이에게 운동장에서 기다린다고 알려 주고 운동장을 가로질러 그네가 있는 곳으로 갔다. 혼자서 그네를 타고 있는데 옆 그네가 움직여서 고개를 돌려보니 태형이가 타고 있었다.

"왜 집에 안 가고 혼자서 그네 타고 있냐?"

"너야말로 집에 안 가고 여기 왔냐?"

"내가 먼저 물었다."

"난 용숙이랑 미정이 기다리지."

"오늘은 다른 때보다도 시간이 더 걸릴걸. 문장이 어려웠잖아."

"그래도 할 수 없지. 그런데 너는 웬일로 집에 안 갔냐?"

"응. 나도 오늘은 시간이 있어."

"무슨 시간이 있다는 거야?"

"다른 날은 할미니가 기다리고 계셔서 빨리 갔지만 오늘은 할머니의 할아버지가 큰집에서 제사를 지내고 밤늦게 오시는 날이거든."

"그럼 저녁은 어떻게 하니?"

"할머니가 차려 놓고 간다고 하셨어."

"집에 가면 할머니와 할아버지가 오실 때까지 혼자 있는 거야?"

"그렇지."

"안 무서워?"

"익숙해서 괜찮아."

"난 지금까지 혼자 있었던 적이 없었는데 대단하구나!"

"어쩔 수 없잖아."

"넌 참 어른스럽게 말을 하는구나! 그런데 궁금한 게 있는데 물어봐도 돼?"

"뭔데? 물어봐."

"그게 말이지…."

"왜 할머니와 할아버지하고만 사는지가 궁금하단 말이지."

"응. 그런데 말하기 싫으면 안 해도 돼."

"저번에 가족 그림을 그릴 때 봤구나. 우리 엄마는 내가 3살 때 아파서 돌아가셨고 아빠는 작년에 교통사고로 돌아가셨어. 아빠가 돌아가시기 전에는 둘이서 살다가 작년에 할머니, 할아버지와 살게 되었어."

"그랬구나!"

"네가 그린 그림에 엄마와 아빠 그리고 형제자매가 그려져 있는 것을 보니 부럽더라. 그래서 쪼잔하게 행동했던 것 같아. 미안했어."

"아니야. 나야말로 미안했어."

태형이의 가족 이야기를 듣고 나니 은애는 태형이가 가엽다는 생각이 들었다. 그래서 앞으로도 태형이와 싸우지 않고 잘 지내야겠다고 다짐했다.

15

화장실 낙서

오늘 반에서 난리가 났다. 화장실에 다녀온 아이들이 수군거리면서 시작되었다. 처음에는 몇 명의 아이들만 수군거리더니 시간이 지날수록 반 아이들이 동참해서 모의 작전을 하는 것 같았다. 맨 뒤에 앉아 있는 은애와 태형이만 태평했다. 그러자 아이들은 확신에 찬 눈으로 은애와 태형이를 바라보기 시작했다. 은애와 눈이 마주친 아이들은 재미있다는 듯이 웃었다. 잘은 몰라도 자신을 둘러싸고 무언가 일이 벌어지고 있다는 것만은 알 수 있었다. 쉬는 시간이 되면 용숙이한테 가서 물어봐야겠다고 생각하고 있는데 종이 울리자마자 용숙이가 은애한테 달려왔다.

"은애야! 잠깐 보자."

"그렇지 않아도 너 보려고 했어."

복도에 나오자 용숙이가 은애에게 대뜸 물었다.

"너 태형이 좋아하니?"

"뭐라고? 그게 무슨 말이야!"

"정말 아니지?"

"너 미쳤냐! 그걸 말이라고 해?"

"나도 그럴 리가 없다고 생각했지."

"그런데 그런 것을 왜 물어봐?"

"아침에 순철이가 화장실 갔다 오더니 화장실 벽에 너와 태형이가 그려져 있다고 하면서 '얼레리 꼴레리' 해서 아이들이 화장실 가서 확인하고 왔대. 지금 빈득이가 알려 줘서 너한테 온 거야. 나도 아직 확인하지 못했으니깐 함께 가 보자."

　은애는 기가 막혔지만 용숙이와 함께 화장실에 가서 확인하기로 했다. 쉬는 시간이라서 화장실에는 아이들이 사용하고 있어서 기다리고 있다가 아무도 없는 화장실부터 열어 보았다. 화장실 문을 열 때마다 화장실 냄새가 지독하게 났다. 어떤 화장실에는 똥을 잘못 싸서 화장실이 너무나 더러운 곳도 있었다. 코를 막으면서 마지막 화장실 문을 열었을 때 용숙이가 말한 대로 은애와 태형이가 그려져 있었다. 은애의 곱슬머리와 보조개가 그려져 있고 태형이의 커다란 눈이 그려져 있었다. 그리고 은애와 태형이가 좋아한다는 낙서가 되어 있었다. 그것을 보자마자 은애가 울기 시작하였다. 종이 울려서 아이들이 교실로 뛰어 들어가는데도 은애와 용숙이는 화장실에서 꿈쩍도 하지 않았다.

　"지금 은애와 용숙이가 교실에 없는데 태형이와 빈득이는 짝꿍들이 어디에 갔는지 모르나요?"

"선생님! 화장실 간 것 같아요."

"화장실 갔어도 종이 나면 들어와야 하는데 왜 안 들어오지요?"

"사실은 화장실에 은애와 태형이가 서로 좋아한다는 낙서가 되어 있어요. 그걸 은애가 알고 화장실로 확인하러 간 것 같아요."

　　　　　　　　　　　　　　　　　　아카시아 향기

"뭐라고! 화장실에 나와 은애에 대하여 낙서가 되어 있다고?"

"응. 나도 봤어."

"그런데 왜 나한테는 안 알려 줬어?"

"너도 아는 줄 알았지."

"그럼 은애는 어떻게 안 거야?"

"은애는 용숙이랑 친하니깐 용숙이가 알려 주고 화장실로 확인하러 간 것 같아."

"자아. 선생님이 화장실에 다녀오는 동안 이번 시간에 배울 것을 조용히 읽고 있어요."

담임 선생님이 화장실에 가 보니 은애는 쪼그리고 앉아서 울고 있고 용숙이는 옆에서 안절부절못하고 있었다.

"조은애! 냄새 나는 화장실에서 울고 있으면 해결이 되나?"

담임 선생님은 화장실의 낙서를 확인한 다음 화장실 문을 꽉 잠갔다. 그리고 은애와 용숙이를 데리고 교실로 들어오셨다. 울어서 눈이 벌겋게 된 은애를 보면서 아이들은 조용했다.

이윽고 종이 나서 집에 가야 할 시간이 되자 선생님은 모두 눈을 감게 하셨다.

"화장실에 우리 반 친구들에 대한 낙서가 되어 있는 것은 다 알고 있을 거예요. 누구나 잘못은 할 수 있어요. 중요한 것은 자기의 잘못을 뉘우치고 다시는 안 하는 거예요. 그러니 낙서한 사람은 조용히 손을 들었으면 좋겠어요. 그러나 끝까지 잘못한 사람이 나타나지 않으면 선생님은 매우 실망힐 것 같아요."

몇 분간 침묵이 계속되는 가운데 순철이가 조용히 손을 들었다. 선생님은 감고 있는 눈을 뜨고 책가방을 챙기라고 하셨다. 오늘 선생님 일을 도와주고 갈 학생들의 이름을 불렀는데 은애와 태형이 그리고 순철이였다.

"자아 이제 우리만 남았네. 순철이가 은애와 태형이한테 할 말 있지?"

"미안해. 사실은 내가 화장실에 낙서했어."

"뭐라고? 네가 했다고?"

"응. 미안해. 용서해 줘. 다시는 안 그럴게."

"정말 어이없다. 우리가 너한테 잘못한 것이라도 있냐?"

"없어."

"그런데 왜 그런 낙서를 했어?"

"난 너희들이 부러웠어. 너희들은 공부도 잘하는데 싸우지도 않고 서로 잘 챙겨 주니깐 샘이 나더라. 더구나 태형이는 우리 남학생들과 놀지도 않고 은애하고만 친하잖아!"

"나도 너희들하고 놀고 싶어. 그래서 쉬는 시간에 갔더니 나를 못 본 척하고 너희들끼리만 놀더라. 몇 번 그런 일이 생기니깐 나를 싫어한다고 생각하게 되었어. 은애는 짝꿍이니깐 잘 지내야 하잖아."

"정말이야?"

"그래. 나도 너희들이랑 함께 축구도 하고 싶어."

"그럼 내일 아이들한테 말해서 너도 끼워 줄게. 조만간 1반하고 축구 시합하기로 했는데 너도 함께 뛰자."

"좋아. 이젠 나도 너희들 무리에 끼워 주기다?"

"물론이지."

아카시아 향기

"태형이는 그렇다 치고 나한테 그렇게 한 이유는 뭔데?"

"미안. 아까도 말했지만 태형이가 너하고만 친하게 지내는 것 같아서 그랬어."

"어이없다."

"순철아! 친하게 지내고 싶으면 태형이한테 말을 해서 함께 놀면 되는데 그렇게 하지 않고 화장실에 낙서한 것은 정말 잘못한 거야. 너에 대하여 화장실에 낙서하면 기분이 어떨까?"

"기분이 나쁠 것 같아요. 앞으로는 절대 하지 않겠습니다. 정말 미안해. 다시는 안 그럴게."

"순철이가 잘못했다고 하는데 용서해 줄 수 있겠니?"

"물론이죠."

"은애도 용서해 줄 수 있겠니?"

"기분은 나쁘지만 그래도 할 수 없죠. 용서하겠습니다."

"앞으로 사이좋게 잘 지냈으면 좋겠구나. 순철이는 화장실에 있는 낙서를 깨끗하게 지우고, 은애와 태형이는 지금 가도 좋단다."

이렇게 해서 화장실 낙서 사건은 끝이 났다. 그러나 은애는 큰언니와 작은언니한테 한동안 놀림을 받아야 했다. 언니들도 화장실의 낙서를 보았기 때문이다.

16

중간놀이

'땡땡땡'

"야. 빨리 나가자."

2교시 수업이 끝났음을 알리는 종소리가 났다. 지금은 중간놀이 시간이다. 2교시 수업이 끝나면 전교생이 운동장에 모여서 포크댄스를 춘다. 저번 주에는 4학년 1반과 5학년 2반이 늦게 모여서 벌을 받았다. 1학년이라고 해서 지금까지는 늦어도 봐줬는데 이번 주부터는 안 봐준다고 했다. 쉬는 종이 울리자마자 담임 선생님이 인솔해서 재빨리 운동장으로 나갔다. 댄스 선생님은 5학년 2반 큰언니 담임 선생님이시다. 큰언니 담임 선생님은 여자 선생님 중에서 가장 무서운 선생님으로 소문이 났다.

"남학생은 왼쪽 팔을 짝꿍과 팔짱 끼고 오른손을 들고 시계의 반대 방향으로 도세요."

5학년 2반 선생님의 설명을 듣고 은애와 태형이가 동작을 따라 했지만 잘 안되었다.

"팔짱을 이렇게 껴야 돌기가 쉽잖아!"

은애가 팔을 빼서 태형이와 다시 팔짱을 꼈다.

아카시아 향기

"난 똑같은 것 같은데."

"아까처럼 하면 팔이 아프고 원을 도는데 잘 안되잖아."

"네가 키가 커서 그렇지."

"키가 큰 것 하고 뭔 상관이야. 팔짱을 제대로 끼면 되잖아."

　은애는 반에서 키가 제일 커서 친구들이 '껑다리' '키다리'라고 놀리는 것도 싫은데 댄스가 안 되는 것이 은애의 큰 키 때문이라고 하는 태형의 말에 화가 났다. 골이 잔뜩 나서 댄스를 하던 은애가 잘못하여 태형이의 발을 밟았다.

"아야. 아프잖아!"

"미안."

"구두로 밟으면 얼마나 아픈 줄 알아?"

"누가 밟고 싶어서 밟았냐? 나도 모르게 밟았잖아."

"그래도 조심했어야지. 새 운동화인데."

"아픈 것보다 새 운동화를 밟아서 화가 났구나!"

"그래. 일요일에 할머니가 사 준 운동화란 말이야."

은애와 태형이는 팔짱을 풀고 눈을 부릅뜨고 서로 노려봤다.

"지금 은애와 태형이는 뭐 하고 있는 거죠?"

담임 선생님의 말에 둘은 다시 팔짱을 끼고 마지못해 돌기 시작했다.

　이윽고 중간놀이가 끝나고 교실로 들어온 은애와 태형이는 서로 쳐다보지도 않았다. 종례가 끝나자 선생님은 은애와 태형이한테 교실에 남으라고 하셨다. 함께 집에 가던 봉숙이와 미정이는 운동장에서 은애를 기다리기로 하였다.

"왜 선생님이 두 사람을 남으라고 했을까?"

"둘이 싸워서요."

"중간놀이 시간에 티격태격하더니 아직 말도 안 하고 있지?"

은애와 태형이는 말이 없다.

"친하게 잘 지내고 있던 두 사람이 싸우게 된 이유가 뭘까?"

"선생님. 제가 잘못했어요. 은애의 키 때문에 댄스가 안 된다고 했어요."

"그래서 은애가 화가 났구나?"

"키에 대하여 말을 하면 화가 나요. 남학생들이 저보고 '꺽다리' '키다리'라고 별명을 부르는 것도 싫은데 댄스가 안 되는 것이 키가 커서 그렇다고 하잖아요."

"태형이는 지금도 은애의 키 때문에 댄스가 안 된다고 생각하고 있니?"

"아니요. 제가 말을 잘못했어요. 제가 은애라도 화가 날 것 같아요. 앞으로는 조심하겠습니다."

"그럼 태형이가 은애한테 사과하면 되는 건가?"

"아니요. 저도 태형이한테 잘못한 게 있어요. 댄스 하면서 태형이의 새 운동화를 밟았는데 미안하다고 하지 않았어요."

"저런. 그런 일이 있었구나!"

"태형아! 아까는 미안했어. 나라도 화가 났을 거야."

"아니야. 내가 먼저 너를 화나게 했잖아. 나도 미안해."

"흐음. 이것으로 서로 용서하는 건가? 혹시 선생님이 모르는 다른 일이 또 있니?"

"아니요. 없어요."

"앞으로도 사이좋게 잘 지냈으면 좋겠다."

은애와 태형이는 이번 일로 인해서 예전보다 더 친하게 지내는 짝꿍이
되었다.

17

가을 운동회

"야아! 오늘 날씨 좋다."

은애는 일어나자마자 창문을 열고 날씨부터 확인했다. 그리고 세수하고 체육복을 입고 백군 머리띠를 했다. 1반은 청군이고 2반은 백군이 되었다.

"언니들 빨리 일어나. 오늘 운동회잖아."

"야. 너 때문에 잠도 잘 수 없다. 왜 부스럭대는 거야?"

투덜대는 언니들을 무시하고 은애는 부엌으로 갔다.

"엄마! 나 어때요?"

"우리 은애가 백군이 되었네. 하얀색 머리띠가 잘 어울리는구나."

"백군이 되어서 좋아요. 오늘 우리 백군이 이겼으면 좋겠어요."

은애는 아침밥을 서둘러서 먹고 기다리고 있는 경미한테 갔다. 은애와 경미는 마을로 내려가서 용숙이와 미정, 숙자와 만나서 함께 학교에 갔다. 학교 교문 주변에는 과자와 음료수, 아이스께끼, 솜사탕과 장난감 등을 파는 장사꾼들이 진을 치고 있었다.

은애와 친구들은 만국기가 펄럭이는 운동장을 지나서 교실에 들어갔다. 교실에는 매일 지각하는 빈득이도 와 있었다. 곧이어 종소리가 나자 전교생들이 청군과 백군으로 나뉘어서 운동장에 모였다. 전교 회장인 세호 오빠의 선서에 이어 국민체조가 끝나자 1학년들의 공굴리기 경기가 시작되었다. 커다란 공을 짝꿍과 굴려서 반환점을 돌아서 오면 다음 사람이 공을 받아서 굴리는 경기였다. 반에서 1번인 빈득이와 용숙이가 맨 먼저 공을 굴렸다. 멀리서 보니 공만 보였다.

"백군 이겨라! 백군 이겨라!"

열심히 응원해도 공은 자꾸 다른 곳으로 갔다.

한참 후 땀을 뻘뻘 흘리면서 빈득이와 용숙이가 들어왔다.

"태형아! 반환점 돌 때가 제일 힘든 것 같아. 그러니깐 반환점 돌 때 힘주지 말고 공을 살살 밀면서 돌자."

경기하기 전에 은애와 태형이는 나름대로 작전을 짰다. 드디어 은애와 태형이의 차례가 되었다. 청군은 벌써 앞서가서 반환점을 돌기 시작했다. 그러나 세게 밀어서 청군 공은 엉뚱한 곳으로 굴러갔다. 그사이에 은애와 태형이는 공을 열심히 굴려서 반환점에 이르렀다. 작전대로 힘을 주지 않고 공을 살살 밀면서 돌자 반환점을 거뜬히 돌 수 있었다. 결국 은애와 태형이의 공이 먼저 골인해서 백군이 이겼다.

곧이어 2학년들의 손님 모시기 경기가 시작되었다. 2학년들은 모셔서 와야 할 사람을 본부석이나 응원석에서 열심히 찾으러 다녔다. 그때 도망가는 아저씨의 뒤를 2학년 언니가 쫓고 있는 것이 보였다. 잡힐 듯 말듯 아슬아슬하게 쫓기던 아저씨는 결국 2학년 언니에게 잡혀서 본부석 앞으로 잡혀 왔다. 이것을 본 사람들은 박장대소를 하면서 웃었다. 한바탕 웃고 난 2학년들의 경기에 이어서 3학년 언니들이 곤봉체조를 하였다. 여름방학이 끝나고 개학하자마자 큰언니는 부채춤을, 작은언니는 곤봉 돌리는 것을 운동장에 모여서 매일 연습했었다. 언니들의 얼굴이 까맣게 타면서까지 연습한 춤은 경기 중간중간에 공연했다. 여학생들은 곤봉, 꼭두각시 춤, 부채춤 등을 추었는데 이 중에서 가장 인기가 많은 것은 부채춤이었다. 부채춤은 부채를 들고 머리에 족두리를 쓰고 한복을 입고 아리랑에 맞추어서 추는 춤이다. 5학년인 큰언니네가 부채춤을 추게 되자 엄마가 마을에서 족두리를 빌려 왔었다. 그러나 빌려 온 족두리는 낡고 빛이 바래서 오래된 것임을 한눈에도 알 수 있었다. 족두리를 보고 큰언니가 실망하자 엄마는 직접 족두리를 만들었다. 세호 오빠네가 사 온 팔각 성냥갑에 검정 비로드 천으로 감싼 다음 여러 가지 구슬을 꿰었다. 그러자 정말 멋진 족두리가 만들어졌다. 이 족두리는 나중에 작은언니와 은애가 부채춤을 출 때도 썼다. 남학생들은 기마전이나 차전놀이를 하였는데 여학생들의 부채춤과 남학생들의 차전놀이가 가장 인기가 많았다. 오전에는 저학년 단체 경기로 오재미를 하였다. 한 사람 앞에 두 개씩 만들어 온 오재미로 바구니를 먼저 터뜨리면 이기는 경기인데 오재미는 청군이 이겼다.

오전 경기가 끝나자 점심시간임을 알리는 방송이 나왔다. 은애와 경미는 운동장 나무 그늘에 있는 엄마들을 찾으러 다녔다.
"너희들은 그렇게 크게 불러도 못 듣냐?"
큰언니가 은애와 경미를 데리러 와서 핀잔주었다. 엄마와 경미 엄마가 가지고 온 김밥, 삶은 달걀 그리고 음료수와 과일 등이 나무 그늘에 펼쳐

아카시아 향기

져 있었다. 은애와 경미는 점심을 먹고 나서 군것질하려고 용숙이와 숙자 그리고 미정이를 찾았다. 날씨가 더운 만큼 '아이스께끼'가 가장 잘 팔렸다.

시끌벅적한 점심시간이 끝나자 오후 경기가 시작되었다. 이번에도 1학년 100미터 달리기가 제일 먼저 시작됐다. 1학년은 총 대신 호루라기로 불어서 출발 신호를 알렸다. 남학생 달리기가 끝나자 여학생들의 달리기가 시작되었다. 은애와 미정이는 맨 마지막에 달리게 되었다. 선생님의 호루라기 소리가 나자마자 은애는 냅다 달리기 시작하였다. 처음부터 은애와 미정이는 선두로 나란히 달렸다. 갈수록 다른 아이들과 격차가 나고 둘은 막상막하로 달렸다. 결승점에 가까이 왔을 때 은애는 더 힘껏 달렸다.

"은애가 학교 들어가서 처음 하는 운동회인데 아빠가 못 가서 어쩌나?"

"괜찮아요! 아빠는 출근하잖아요."

"우리 넙죽이는 달리기 잘하나?"

"물론이죠."

"달리기를 잘하는지 어떻게 알아?"

"어제도 달리기 예행연습을 했는데 제가 1등 했어요."

"우리 넙죽이가 달리기를 잘하는구나! 그러나 1등으로 달리는 것보다 넘어져서 다치지 않는 게 더 중요해."

"알아요. 그래도 꼭 1등 해서 공책을 받아 올 거예요."

은애는 아빠와 한 약속을 생각하며 마지막까지 전력 질주하여 결국 1등으로 들어왔다.

"곱슬머리. 달리기 잘하네. 1등이야."

숨이 차서 '헉헉'거리고 있을 때 세호 오빠가 웃으면서 1등 도장을 왼쪽 손목에 찍어 주었다. 뒤이어 학년별로 달리기 경주가 이어졌는데 6학년 장애물 경주가 가장 인기가 많았다. 학년별 달리기 다음으로 고학년 단체 경기로 줄다리기했는데 청군이 또 이겼다.

이젠 운동회에서 마지막 경기인 청군과 백군의 '학년별 이어달리기'만 남았다. "청군 이겨라! 백군 이겨라!" 응원하는 소리를 들으며 은애는 순철이한테 백군기를 받아서 냅다 뛰기 시작했다. 운동장을 반 바퀴 돌아서 2학년 남학생에게 백군기를 건네주고 나니 숨이 찼다. 호흡을 가다듬고 달리고 있는 2학년을 보니 청군이 이기고 있었다. 고학년으로 갈수록 달리기는 고조되어서 손에 땀이 날 정도로 흥미진진했는데 아슬아슬하게 백군이 이겼다. 학생들의 모든 경기가 끝나자 '마을 대항전'을 하였다. 각 마을에서 달리기를 잘한다는 아줌마, 아저씨, 오빠와 언니들의 '이어달리기'로 점수가 가장 컸다. 가을 운동회는 학생과 학부모 외에도 마을 사람들까지 나와서 '마을 대항전'을 벌이며 함께 뛰는 지역의 잔치였다. 이날 운동회는 청군 90점, 백군 96점으로 백군이 이겼다. 백군은 손을 들어서 만세 삼창하였고 아쉽지만 잘 싸운 청군은 아낌없는 박수로 백군을 축하해 줬다.

아카시아 향기

18

생활통지표

"학교 다녀오겠습니다."

오늘도 제일 먼저 집을 나선 것은 은애다.

은애도 이젠 2학년이 되었다. 1학년 2반 친구들과 선생님이 그대로 올라와서 2학년 2반이 되었다. 그래서 태형이와 또 짝꿍이 되었다.

은애는 큰언니가 물려준 빨간 원피스를 입고 빨간 가방을 멨다. 빨간 구두를 신은 은애는 멀리서 봐도 빨강이었다.

"은애는 빨강이가 되었네. 정말 이쁘다."

"그렇게 말해 줘서 고마워."

은애는 경미와 관사에서 만나 마을로 가서 용숙, 미정, 숙자와 함께 학교에 갔다. 오늘은 용숙이가 목에 걸고 있는 감꽃 목걸이에서 감꽃을 하나씩 빼서 먹으며 학교에 갔다. 학교에서도 쉬는 시간이나 점심시간이 되면 친구들과 놀기 바빴는데 집에 돌아와서도 가방을 내려놓기가 무섭게 밖으로 나갔다. 친구들과 들과 산으로 뛰어다니면서 실컷 놀고 온 은애를 보고 엄마는 혀를 찼다.

"무슨 여자애가 이렇게 험하게 노는 거야? 옷이 성한 데가 없네. 머리엔 뭘 붙이고 다니는 거고."

"털면 괜찮아요."

"턴다고 해결되지 않으니깐 얼른 가서 씻고 와. 옷도 갈아입고."

은애는 세숫대야에 물을 받아서 얼굴과 발을 깨끗하게 씻었다. 다행히 흙장난을 안 해서 손톱에는 때가 끼지 않았다. 엄만 은애가 씻는 동안에 저녁밥을 차렸다.

"엄마. 이 청국장 정말 맛있어요. 난 엄마가 만든 것은 다 맛있어요."

"네가 맛없는 음식이 있긴 하니? 넌 뭐든지 잘 먹잖아."

"맞아. 난 다 맛있어."

"그러니깐 네 별명이 넙죽이지."

"넙죽이는 내가 아기 때 아빠가 지어 준 별명인데 지금 나하고는 안 맞아. 내 얼굴이 작은언니 얼굴보다 작거든. 그리고 지금은 작은언니의 키와 별로 차이가 안 나지만 앞으로는 내가 훨씬 더 클 거야. 난 작은언니처럼 깨작거리면서 먹지 않거든."

은애는 좋아하는 청국장을 떠서 한입 가득 입에 넣었다. 은애는 얼른 밥을 먹고 이번에 아빠가 사 준 〈어깨동무〉를 읽을 생각에 마음이 급했다. 이사 올 때 운전사 아저씨와 약속했듯이 공부 시간에 선생님의 설명도 잘 듣고 숙제도 꼬박꼬박했다. 그래서인지 나머지 공부도 한 적이 없다. 오히려 생활통지표를 받는 날이면 은애의 기가 살았다. 언니들보다 은애의 점수가 높았기 때문이다.

　오늘도 여느 때와 같이 학교에서 돌아와서 숙제하고 〈어깨동무〉라는 잡지를 읽고 있는데 4학년인 작은언니와 6학년인 큰언니가 동시에 돌아왔다.

"엄마! 은애가 전교 1등을 했대요."

"우리 은애가 전교 1등을 했다고?"

"친구들이 교무실 청소하러 갔는데 2학년 2반 담임 선생님이 하시는 말씀을 들었대요."

"은애도 알아?"

"은애는 아직 모를걸요? 오늘 오후에 채점하셨대요."

"은애야! 이리 와 봐. 네가 전교 1등을 했다고 언니들이 그러는데 어떻게 된 거야?"

"내가 전교 1등을 했다고 누가 그래?"

"교무실에서 너희 담임 선생님이 말하는 것을 내 친구들이 들었대."

"난 몰라. 그런 말을 들은 적이 없어."

"내일 학교 가면 알겠지. 지금 저녁상을 차릴 테니깐 은옥이와 은희는 씻고 와서 밥을 먹자."

저녁 식사 후 숙제하는 언니들 옆에서 은애는 만화책을 읽었다. 만화책을 보면서 '깔깔' 웃는 은애가 언니들은 못마땅했다.

"너 다른 곳에 가서 만화책 읽어. 시끄러워서 숙제를 못 하겠어."

결국 은애는 언니들의 성화에 안방으로 가서 만화책을 읽었다.

다음 날 학교에 가 보니 언니들의 말이 사실이었다. 은애가 전교 1등으로 최고점수를 받은 것이다. 통지표는 다음 주에 주지만 은애는 엄마와 아빠한테 빨리 알려 주고 싶어서 친구들과 놀지 않고 달음박질해서 집으로 갔다.

"학교 다녀왔습니다."

"오늘은 웬일로 친구들하고 안 놀고 일찍 왔네."

"엄마! 제가 전교 1등을 했어요. 통지표는 다음 주에 준대요."

"정말이야? 우리 은애가 1등을 하다니, 정말 잘했다."

엄마는 매우 기뻐하셨다. 그리고 퇴근해서 온 아빠는 은애를 데리고 시내로 나가서 요즘 가장 유행하는 줄무늬 옷을 사 주셨다. 빵떡모자까지 있는 멋쟁이 옷이었다. 새 옷을 입고 모자를 쓴 은애의 모습을 흐뭇하게 바라본 아빠는 은애의 손을 잡고 버스 정류장으로 걸어갔다. 버스는 한참 후에 왔는데 만원이라서 아빠와 은애는 뒤쪽으로 가서 탔다.

"오라이."

안내양 언니가 버스를 '툭툭' 치자 버스가 출발했다. 아빠는 오른손으로 은애의 손을 잡고 왼손으로는 손잡이를 잡았다. 용케도 안내양 언니는 복잡한 버스 안을 돌아다니면서 요금을 받았다. 이윽고 안내양 언니가 아빠와 은애가 있는 쪽으로 왔다.

"어른 한 명과 국민학생 한 명요."

아빠는 안내양 언니에게 종이돈을 내밀었다. 버스가 이리저리 흔들려도 안내양 언니는 중심을 잘 잡고 비틀거리지 않고 앞에 차고 있는 돈주머니에서 거스름돈을 세었다. 은애는 신기한 듯 안내양 언니를 보다가 안내양 언니가 쓰고 있는 빵떡모자를 발견했다.

"왜 나보고 웃니?"

"언니도 모자를 쓰고 있네요."

"호호. 색깔은 다르지만 너도 좋은 모자를 쓰고 있구나."

안내양 언니는 아빠한테 잔돈을 건네면서 은애를 보고 웃었다. 만원이던 버스가 버스 정류장에 도착할 때마다 사람들이 내려서 빈자리가 났다. 아빠는 자리에 앉아서 은애를 무릎에 앉혔다. 아빠의 무릎에 앉아서 버스 창밖의 풍경을 보던 은애는 스르르 잠이 들었다. 버스가 마을 앞에 도착하자 아빠는 잠든 은애를 깨워서 손을 잡고 버스에서 내렸다. 그리고 은애를 업어서 집까지 왔는데 은애에게 아빠의 등은 세상 무엇보다도 듬직했다.

19

엄마 마중

　내일은 소풍이다. 그래서 엄마가 시내로 장을 보러 가셨다. 언니들과 은애는 청소하고 엄마를 마중하기로 했다.

"은희야! 넌 빨랫줄에 있는 옷들을 걷어 와서 개도록 해."

"은애는 책상에 있는 책들을 정리했어?"

"안방을 빗질하는 동안 은철이는 거실에 나와 있어."

"큰언니. 책상 정리 다 했어. 그다음에 뭐해?"

"그럼 거실에 널브러져 있는 은철의 장난감을 정리해서 제자리에 갖다 놔."

"옷을 다 개었으면 은희는 현관에 있는 신발을 정돈하고 깨끗하게 쓸어."

큰언니의 잔소리에 부지런히 움직인 결과 시내버스 시간에 맞추어서 엄마 마중을 할 수 있게 되었다.

"청소가 끝났으니 엄마 마중 나가자. 현관문을 잘 닫고 나와."

큰언니는 은철이를 포대기로 업고 작은언니와 은애는 손을 잡았다. 아웅다웅해도 집을 나서면 언제나 손을 잡았다. 버스가 도착하는 신작로까지는 15분 정도 걸어가야 하는데 은애와 언니들은 노래를 부르며 갔다.

"푸른 하늘 은하수 하얀 쪽배에 계수나무 한 나무 토끼 한 마리…."

"벌써 노래가 끝났네. 그럼 우리 다른 노래 부르자. 언니들은 어떤 노래가 좋아?"

"거의 다 왔어. 노래는 다음에 부르자."

다행히 신작로에는 아직 버스가 도착 안 했다. 신작로 옆에는 시냇물이 흐르고 있는데 하수처리를 하면서 시멘트를 넓게 바른 곳이 있다. 온애와 작은언니는 그 시멘트 위로 올라가 앉고 은철이를 업고 있는 큰언니는 옆에 기대어 섰다. 세 자매의 눈은 자동차가 지나갈 때마다 자동차를 따라갔다가 다시 제자리로 돌아왔다.

"너희들 엄마 마중 나왔구나!"

"예."

"어쩌냐! 엄마는 이 버스 안 탄 것 같은데."

마지막으로 숙자 엄마가 내리자마자 버스 안내양은 버스를 '탁' 치며 "오라이!"라고 외쳤다. 그러자 버스는 횡하니 떠나갔다.

큰언니가 포대기를 풀어서 업고 있던 은철이를 내려놓자 은철이가 천방지축으로 돌아다녔다. 차가 다니는 큰길이라서 위험한지라 큰언니와 작은언니가 얼른 은철이의 양손을 잡았다. 시간이 지날수록 네 아이는 시무룩하고 말이 없어졌다. 빨리 엄마가 버스 타고 와서 집으로 돌아가고 싶다는 생각만 간절했다.

"저기 버스 또 온다."

시멘트로 발라진 곳에 앉아서 포대기를 둘둘 말며 망을 보던 은애가 소리쳤다. '끼익' 하고 버스가 서자 안내양이 내리면서 사람들이 쏟아져 나오기 시작했다. 버스가 출발하기 직전에 눈에 익숙한 엄마의 모습이 보였다.

"다들 어떻게 나왔어? 은철이가 무거울 텐데 여기까지 업고 왔네."

엄마는 포대기로 은철이를 업은 다음 시장바구니에서 국화빵을 꺼내어 나누어 주셨다.

"엄마! 왜 늦었어요?"

"이모가 아파서 이모 집에 다녀왔지. 너희들이 마중 나온 걸 알았더라면 좀 더 일찍 올 걸 그랬구나!"

"이모 많이 아파요?"

"응. 넘어져서 한쪽 다리를 깁스하고 있더라."

"그러면 걸을 수가 없겠네요?"

"당분간은 불편해도 어쩔 수 없지. 참. 내일 소풍 간다고 하니깐 맛있는 것 사서 먹으라고 용돈을 주더라. 내일 똑같이 나눠 주마."

집에 돌아와서 열어 본 엄마의 시장바구니엔 김밥 재료와 사탕, 껌 등 소풍에 가져갈 과자들이 한가득 들어 있었다. 시장에 다녀온 엄마의 시장바구니는 언제나 맛있는 것들로 가득 찼다.

아카시아 향기

20

소풍

    오늘도 은애는 일어나자마자 문을 열고 날씨부터 확인했다. 다행히 하늘이 흐리지만 비는 내리지 않았다. 은애는 잽싸게 일어나서 세수하고 새 옷을 입었다. 은애가 전교 1등을 해서 아빠가 사 준 옷이다. 요즘 인기 있는 쌍둥이 여가수들이 입고 나와서 유행된 옷이다. 은애는 나팔바지와 웃옷을 입고 모자를 들고 부엌으로 갔다.

"맛있겠다. 엄마 김밥 꼬투리 먹어도 돼요?"

"당연하지. 너희들 먹으라고 싸는 건데 얼마든지 먹으렴."

"난 엄마 김밥이 최고로 맛있더라. 엄만 요리를 정말 잘하는데 나도 잘할 수 있을까요?"

"물론이지. 엄마 딸인데 잘할 수 있지. 언니들은 아직 안 일어났니?"

"아직 안 일어났어요. 지금 가서 깨울게요."

은애는 김밥 꼬투리를 먹으면서 언니들한테 갔다. 언니들은 세상모르고 자고 있었다.

"큰언니, 작은언니. 오늘은 소풍날이니깐 빨리 일어나."

"알았어. 좀 더 자고 일어날 거야."

"큰일 났나. 지금 비가 오고 있어."

"뭐라고? 비가 온다고?"

큰언니와 작은언니는 벌떡 일어나서 문을 열고 하늘을 쳐다봤다.

"어디 비가 오니?"

"그래야 빨리 일어나지."

얼떨결에 일어난 언니들은 투덜거리면서도 김밥을 먹고 학교 갈 준비를 했다. 엄마는 김밥과 삶은 달걀, 사이다와 사탕, 껌, 라면땅, 새우깡 등을 소풍 가방에 넣어 주셨다.

"은애야! 무거우니깐 몇 개는 빼놓고 가면 안 되겠니? 갔다 와서 먹으면 되잖아."

"싫어요. 그래도 다 가지고 갈 거예요."

은애는 소풍 가방을 메면서 엄마가 써 준 모자를 거울로 다시 확인하고 집을 나섰다. 소풍은 전교생이 수원지로 갔다. 수원지는 관사로 이사 오기 전에 살았던 세호 오빠네가 있는 곳이다.

즐거운 소풍이지만 빵빵한 가방을 메고 걸으니 무거웠다. 그리고 더웠다. 그래서 은애는 웃옷을 벗어서 허리에 맸다. 아무리 아끼고 좋아하는 옷이라도 더우니깐 어쩔 수가 없다. 걷는 것에 지칠 즈음 쉬었다 간다는 말에 은애는 털썩 바닥에 주저앉았다. 은애는 갈증이 나서 물을 마시고 싶은데 마실 물이 없다. 가방이 무거워서 물병을 빼놓고 왔기 때문이다. 그래서 태형이가 물을 마시는 모습을 물끄러미 쳐다보았다.

"너 물 안 가지고 왔구나. 이것 마셔. 대신 다 마시면 안 돼."

태형이는 자신이 마시던 물을 은애에게 건네주었다.

"고마워."

은애는 태형이한테 물병을 받아서 물을 마셨다. 물도 마시고 쉬었다가 출발하니 걸어가기가 훨씬 수월했다. 이윽고 도착한 수원지는 벚꽃과 개나리 천지였다. 출입문 양쪽으로는 노란 개나리가 활짝 피어 있었고 수원지 안에는 온통 벚꽃으로 가득했다. 바람이 불면 꽃비가 내리듯이 꽃잎이 날렸다. 어떤 친구는 떨어지는 꽃잎을 받으려고 쫓아다녔다. 6학년까지 수원지에 도착하자 인원을 확인하고 반별로 게임을 했다. 은애네 반은 원형으로 앉아서 수건돌리기를 했는데 술래 된 사람은 노래했다. 반별로 진행된 게임이 끝나자 기다리던 점심시간이 되었다. 은애는 용숙, 미정, 숙희, 경미와 함께 먹었다. 대부분 김밥을 싸 왔지만, 용숙이는 맨밥에 김치를 싸 왔다.

"용숙아! 이 김밥 함께 먹자."

"그럼 너는 뭐 먹으려고?"

"나도 네 밥 먹으면 되지."

은애와 용숙이는 김밥과 맨밥을 나눠서 맛있게 먹었다. 그리고 소풍 가방 안에 있는 사이다와 과자, 사탕 등도 함께 먹었다.

점심시간이 끝나고 '보물찾기' 시간이 되었다. 선생님들이 미리 숨겨 놓은 쪽지를 발견하면 쪽지에 적혀 있는 상품을 받는 것이다. 돌을 들춰 보는 사람, 나무밑동을 살펴보는 사람, 바위 주변을 찾는 사람 등등 모두 열심히 찾으러 다녔다. 여기저기에서 보물을 찾았다는 환호성이 들렸다. 보물이 숨겨진 곳은 산 중턱까지인데 진달래가 피어 있어서 울긋불긋했다. 은애도 보물을 찾다 보니 산 중턱까지 올라왔다. 미끄러져서 쭉 내려가나나 신달래가 피어 있는 곳에서 말이 길렀다. 은애는 밑에 길러 있는 진달래꽃을 하나 따서 명찰에 꽂았다. 곧이어 보물찾기가 끝났다는 호루라기 소리가 들려서 집합 장소로 가고 있을 때 용숙이가 불렀다.

"너 어디 있었니? 내가 얼마나 찾았는지 알아?"

"왜 나를 찾았어?"

"이것 주려고 찾았지."

"너 보물 찾았구나! 그런데 왜 나를 줘?"

"2개를 찾아서 너 하나 주려고."

용숙이가 찾은 것은 노트 2권과 연필 1자루가 써진 쪽지였다.

"정말 나 줄 거야?"

"응. 어떤 것 줄까?"

"난 연필."

용숙이는 은애에게 연필 1자루라고 적혀 있는 쪽지를 줬다. 보물찾기가 끝나면서 소풍도 끝이 났다.

종례가 끝나자 은애를 비롯하여 용숙, 미정, 숙자, 경미는 수원지에서 더 놀다 가기로 하였다. 은애와 친구들은 벚꽃 나무 아래에 앉았다가 소풍 가방을 베고 누웠다. 맨땅이 아니고 푸른 풀밭이어서 눕기에도 안성맞춤이었다. 누워서 올려다보니 푸른 하늘에 분홍 벚꽃이 어우러져서 참으로 예뻤다.

은애와 친구들은 저녁 시간이 되어서야 옷에 묻은 먼지와 꽃잎을 털고 일어났다. 은애는 빵떡모자를 다시 썼다. 은애와 친구들이 마을을 향해서 나란히 걷고 있는데 '따르릉' 자전거 소리가 났다.

"곱슬머리! 수원지로 소풍 왔구나."

"응. 오빠 자전거 타고 학교에 다녀?"

"그래. 중학교가 멀어서 자전거 타고 다녀. 세희한테 들었는데 전교 1등 해서 아저씨가 옷을 사 줬다고 들었는데 이 옷인가 보네."

"응. 이 옷이야."

"너한테 잘 어울린다. 그런데 지금처럼 길을 막고 다니면 위험해. 자동차나 자전거가 다닐 수 없잖아. 한쪽으로 다녀야지."

은애는 중학생이 된 세호 오빠를 처음으로 봤다. 교복 입고 자전거를 타고 가는 세호 오빠는 참으로 멋져 보였다. 은애도 빨리 중학생이 되어서 교복을 입고 싶다는 생각이 들었다.

21

채변 봉투

"분단장들 앞으로 나오세요."

은애를 포함하여 미정, 재형, 규동이가 교탁 앞으로 나갔다.

"자기 분단의 인원수만큼 봉투의 개수를 세어서 분단원들에게 한 장씩 나누어 주세요."

앞에 나온 분단장들은 일제히 봉투를 세기 시작했다. 얇은 봉투가 잘 떨어지지 않자 침을 묻히면서 봉투를 세었다. 그리고 자기 분단원에게 나누어 주었다. 분단장들에게 봉투를 받자 교실이 웅성거리기 시작했다. 바로 채변 봉투였기 때문이다. 채변 봉투는 '똥 봉투'로 자신의 '똥'을 콩알만큼 받아서 가져오는 것이다.

"자아. 조용히 하고 선생님 설명 들으세요. 반드시 자신의 '똥'을 담아서 가져와야 합니다. 그래야 여러분들의 배 속에 회충이 있는지를 알 수 있어요. 배 속에 회충이 있으면 밥을 많이 먹어도 키가 안 커요. 그리고 마무리도 잘해서 가지고 오세요. '똥'을 넣은 비닐봉지를 불로 지져서 봉해야 '똥 냄새'가 안 납니다."

담임 선생님의 종례가 끝나자 아이들이 우르르 교실을 나섰다.

아카시아 향기

은애와 용숙이, 미정이는 집에 가면서도 '똥' 이야기만 했다. 은애는 집에 도착하자마자 채변 봉투를 엄마한테 보여 주었다. 엄마는 '똥'이 마려우면 바로 화장실에 갈 수 있도록 신문지를 준비해 주셨다. 큰언니와 작은언니도 채변 봉투를 가지고 왔다. 은애는 '똥'이 잘 나오라고 저녁도 많이 먹고 놀이터에 가서 그네와 미끄럼도 탔다. 한참을 놀이터에서 놀고 있으려니깐 신호가 왔다. 은애는 집으로 뛰어가서 엄마가 준비해 준 신문지와 막대기, 채변 봉투를 가지고 화장실로 갔다. 얼마 후 은애는 채변 비닐에 '똥'을 담아서 나왔다.

"성공했냐?"

"물론이지. 이게 내 '똥'이야."

"아이고 더러워. 얼른 치워."

언니들은 코를 막고 난리 났다. 엄마는 은애의 채변 봉투를 성냥불로 지졌다. 그리고 냄새가 나지 않도록 신문지로 싸서 은애의 책가방에 넣어 주셨다. 은애는 숙제를 일찍 끝내서 홀가분한 마음으로 동화책을 마저 읽기 시작했다. 언니들은 늦은 밤이 되어서야 채변에 성공했다.

다음 날 등교해서 교실로 가 보니 선생님 옆자리에 커다란 봉지가 놓여 있었다. 오는 대로 선생님에게 채변 봉투를 검사받고 본인이 직접 큰 봉지에 넣었다.

"안 가지고 왔어요. 집에 가서 가져오겠습니다."

"지금 화장실 가서 하고 오겠습니다."

오늘 아침 자습 시간에는 채변 봉투로 시끌벅적했다. 이날 채변 봉투를 가지고 화상실에 간 아이늘은 한 사람의 '봉'을 남아서 냈나는 소문이 돌

왔는데 이 말이 사실이라는 것을 나중에 알게 되었다. 학교 화장실을 다녀와서 채변 봉투를 낸 아이들은 모두 '회충약'을 먹었기 때문이다. 당번이 주전자에 떠 온 물을 컵에 따르면 선생님이 주는 '회충약'을 바로 그 자리에서 먹었다. 자신의 '똥'이 아닌 다른 사람의 '똥'으로 인하여 '회충약'을 먹는 아이들을 보면서 나오는 웃음을 참아야 했다.

22

애국 조회와 선도부 선생님

오늘 애국 조회를 했다. 종이 울리자마자 전교생이 운동장에 반별로 모이기 시작했다.

"종 났다. 얼른 나가자."

"큰일 났다. 숙제 다 못 했어."

"빈득아! 네가 언제부터 숙제했다고 그래. 빨리 나가자."

3학년이 되었어도 애국 조회는 여전히 힘들다.

"두 사람씩 줄을 맞추어 서라."

"앞으로나란히. 앞사람의 뒤통수를 보고 줄을 맞춰라."

연이은 담임 선생님의 차렷, 열중쉬어 구령에 맞추어서 반 학생들이 일사천리로 움직였다.

'국기에 대한 경례'와 '애국가 제창'을 하고 나서 본격적인 교장 선생님의 훈화가 시작되었다. 아직은 3월이라서 시간이 지날수록 발이 너무 시렸다. 처음엔 신발끼리 서로 비벼서 시린 발을 달랬지만 소용이 없었다. 점차 몸을 움직이는 아이들이 늘어나자 맨 앞에 서 계신 담임 선생님이 움직이지 말라고 손짓하셨다.

"그만 움직여. 아까부터 담임 선생님이 신호를 보내잖아."

마침내 교장 선생님의 긴 훈화가 끝나자 이번에는 선도부 선생님이 마이크를 잡았다. 선도부 선생님은 쩌렁쩌렁한 목소리로 지켜야 할 사항에 대하여 여러 가지 말씀하셨다. 그리고 폭탄 발언하셨다.

"이번 달 표어는 '저축의 날'인데 모두 표찰을 가슴에 달고 왔나? 안 달고 온 사람은 조회대 앞으로 나온다."

담임 선생님들은 분주하게 움직이면서 반 아이들의 표찰을 하나하나 확인하셨다. 학기 초라서 대부분 표찰을 달고 왔는데 미처 표찰을 못 달고 온 아이들도 있었다. 그중에 은애도 포함되었다. 저번 주에 입었던 코트에 달았는데, 오늘은 다른 옷으로 바꿔 입고 그대로 온 것이다.

"조회대에 나온 사람만 빼고 모두 반으로 들어가는데 줄을 맞추어서 들어간다."

전교생은 반장을 선두로 각 반으로 들어갔다.

"너희들은 왜 표찰을 안 차고 왔지?"

선도부 선생님의 말씀에 아이들은 아무 말이 없다.

"네가 조은옥 동생이지? 이름이 뭐더라?"

"조은애입니다."

"언니는 중학교 잘 다니고 있나?"

"네."

"은애는 왜 표찰을 안 달고 왔지?"

"지난주 입은 코트에 달았는데 오늘은 다른 옷으로 갈아입고 그냥 왔습니다."

"학기 초이므로 정신을 바짝 차려야 1년간 학교생활을 잘할 수 있는 거야. 알겠나?"

아카시아 향기

"네."

"오늘은 가볍게 운동장 한 바퀴만 돌고 교실로 들어간다. 구호는 '저축의 날'이다."

"저축의 날. 저축의 날."

아이들이 구호를 부르면서 운동장을 돌 때 먼저 교실에 들어간 학생들은 창문을 열고 손을 흔들었다. 소리를 지르면 선도부 선생님에게 혼나기 때문이다. 1, 2학년을 제외하고 3학년부터 벌칙을 받았는데 학년 반 상관없이 구호를 외치면서 운동장을 한 바퀴 돌았다.

"조은애. 아침부터 운동장 돌고 오니 기분이 어떠냐?"

"응. 재미있어. 다음엔 너도 한번 해 봐."

은애는 약을 올리는 순철이를 무시하고 지나갔다.

공부가 끝나자 모두 책가방을 쌌다. 애국 조회가 있는 월요일에는 나머지 공부가 없기 때문이다.

"내일 저축하는 날인 것 알지! 모아 놓은 용돈을 가져오거나 부모님께 말씀드려서 저축할 돈을 타 오는 것도 좋다. 열심히 저축하면 중학교 들어갈 때 교복을 맞추거나 학용품 사는 데 도움이 되니깐 한 사람도 빠짐없이 저축할 수 있도록 한다. 이상으로 종례를 마친다. 반장, 인사해라."

"차렷! 선생님께 경례!"

은애와 친구들은 교실 문을 즐겁게 나섰다. 나머지 공부가 없는 날엔 모두가 함께 놀 수 있기 때문이다.

23

도시락 검사

"엄마. 오늘 도시락 반찬은 뭐예요?"

"은애가 좋아하는 소시지와 계란말이."

"우와! 맛있겠다. 빨리 점심시간이 되었으면 좋겠다. 참! 오늘부터 도시락 검사한다고 보리를 섞어서 싸 오라고 했어요."

"그렇지 않아도 언니들이 말해서 보리쌀을 섞어서 밥을 지었지."

은애는 보리가 섞인 밥을 후다닥 먹고 엄마가 싼 양은 도시락을 가방에 넣고 현관을 나섰다. 관사에서 경미와 만난 은애는 마을에 가서 용숙, 미정, 숙자와 함께 학교에 갔다.

드디어 4교시 수업이 끝나고 점심시간이 되었다.

"자! 선생님이 들고 있는 것이 무엇이지?"

"숟가락이요."

"그렇지. 숟가락이지. 지금부터 이 숟가락으로 도시락을 검사하겠다. 모두 도시락을 책상 위로 올려놓고 도시락 뚜껑을 열어라."

여기저기에서 도시락을 꺼내는 소리, 도시락 뚜껑을 여는 소리로 시끄럽다.

아카시아 향기

"도시락 검사를 하는 이유는 쌀만 먹는 것보다 보리나 밀을 함께 먹어야 건강하기 때문이다. 오늘부터 흰 쌀밥으로만 싸 온 사람은 교실 청소하고 간다."

"큰일 났다. 엄마가 쌀밥으로만 도시락 쌌어."

"미안한데 네 보리밥과 내 쌀밥 반만 바꿀래."

아이들은 도시락 검사에 술렁거렸다.

드디어 선생님이 은애 앞자리인 재수의 도시락을 검사할 차례가 되었다. 선생님은 들고 있는 숟가락으로 재수의 도시락을 한 술 크게 떴다. 그러자 보리밥 밑에 있던 하얀 쌀밥이 정체를 드러냈다. 더 놀라운 것은 계란프라이가 흰밥 밑에 깔려 있었다.

"엄마에게 보리와 섞어서 밥을 해 달라고 말씀드려라."

선생님의 숟가락 도시락 검사에 깜짝 놀란 아이들은 보리를 섞어서 도시락을 싸 왔다. 보리가 들어간 양은 모두 달라도 흰 쌀밥으로만 도시락을 싸 온 아이들은 없었다. 테레비에서도 '혼분식 장려 운동'의 중요성에 대하여 연일 광고하고 있었다.

그러나 문제는 반찬이었다. 도시락을 먹고 나면 냄새가 진동하여 교실 문과 창문을 모두 열어야 했다. 특히 김칫국물이 흘렀을 땐 아주 난처했다.

"어쩌면 좋아! 책과 공책에 다 묻었어."

"얼른 걸레로 닦아. 교실 바닥에 다 떨어지잖아."

점심시간에 자주 볼 수 있는 광경이라서 그런지 아이들은 '또 누가 김칫

국물을 쏟았구나.'라고 생각하며 신경도 쓰지 않고 각자 도시락을 먹기에 바빴다. 점심은 조별로 책상을 붙여서 먹었는데 함께 먹으니 다양한 반찬을 먹을 수 있어서 좋았다. 그리고 담임 선생님이 돌아가면서 도시락을 먹었는데 오늘은 은애네 조에서 도시락을 먹게 되었다. 담임 선생님의 반찬은 계란말이와 나물무침과 김치 볶음이었다. 처음엔 도시락을 선생님과 함께 먹는 것이 어색하고 어려웠는데 시간이 갈수록 선생님과 먹는 시간이 기다려졌다. 학기 초엔 중간놀이 시간에 태권도를 가르치는 무서운 담임 선생님이라고 소문이 났었다. 그러나 시간이 갈수록 자상하고 친절한 선생님인 것을 알게 되면서 모두가 담임 선생님을 좋아하게 되었다.

아카시아 향기

24

비 오는 날의 풍경

'후두둑 후두둑'

"은애야! 우산 가지고 왔니?"

"아니 그냥 왔어. 쫌 전까지 날씨가 좋았는데 갑자기 비가 내리냐."

공부 시간이 끝나서 집으로 돌아갈 시간에 비가 오니 교실 전체가 들썩였다. 비는 시간이 지나면서 더욱 강렬하게 내렸다.

"암만 기다려도 비는 안 그칠 것 같으니 그냥 비 맞고 걸어가자."

은애의 제안에 용숙이와 미정이는 다시 한번 하늘을 쳐다봤다.

"은애 말대로 걸어가야겠다. 그런데 나와 미정이는 책보라서 책이 젖는데 어떡하지?"

"방법이 있지! 숙제할 책만 내 책가방에 넣고 나머지 책은 책상 서랍에 넣고 가면 되잖아."

"그러면 책가방이 너무 무겁잖아."

"서로 돌아가면서 책가방을 메면 되지."

"좋아! 은애 말대로 돌아가면서 책가방을 메고 가는 것으로 하자."

은애가 먼서 책가방을 메고 교실을 나섰나. 비는 생삭보나 낳이 내려서 속옷까지 금방 젖었다. 책가방을 머리에 이고 가는 사람, 냅다 뛰어가는 사람. 우산 쓰고 가는 사람 등 비를 맞는 방법은 다양했다. 은애와 용숙이, 미정이는 여유 있게 장난치며 천천히 빗속을 걸었다. 웅덩이에 고인 물은 일부러 발로 물장구를 치면서 걸어갔다. 은애는 내리는 빗물을 받아서 먹는다고 얼굴을 젖히고 입을 크게 벌렸다. 옆에서 지켜보던 용숙이와 미정이도 은애를 따라서 얼굴을 젖혔다. 은애가 메고 있던 책가방은 어느새 용숙이가 메었다.

"애들아! 우리 다슬기 잡으러 갈래?"

"지금?"

"어차피 비를 맞았으니 옷이 젖어도 상관없잖아."

"난 좋아. 은애는 어떻게 할래?"

"나도 좋아."

용숙이의 제안에 은애와 미정이는 다슬기를 잡으러 냇가로 갔다. 큰 바위의 벌어진 틈새에 가방을 내려놓고 더러워진 신발을 냇물에 담갔다. 그리고 신발끼리 서로 비비자 금세 깨끗해졌다.

"애들아! 물에 들어가면 옷도 깨끗해져."

용숙이는 텀벙거리며 먼저 물속에 들어갔다. 미정이도 용숙이를 따라서 물속으로 들어갔는데 은애는 꼼짝도 하지 않고 그대로 서 있었다.

"은애야! 얼른 들어와."

그래도 은애가 움직이지 않고 있자 용숙이가 물에서 나왔다.

"왜 그래? 무슨 일 있어?"

은애는 용숙이한테 7살 때 굴다리에서 물에 빠질 뻔한 이야기를 들려줬다.

아카시아 향기

"그런 일이 있었구나! 그러면 물이 무서울 거야."

"그러니깐 물속에는 너희끼리만 들어가."

이윽고 미정이도 은애와 용숙이가 있는 곳으로 왔다.

"그럼 이렇게 해 보자. 오늘은 나와 미정이가 양쪽에서 손을 잡고 물이 허벅지 닿는 곳까지만 들어갈게. 물과 친해지면 더 깊은 물에 들어가도 무섭지 않을 거야."

은애와 용숙, 미정이는 비가 내리고 있는 물속에서 한참을 놀다가 돌에 붙어 있는 다슬기를 잡기 시작했다. 다슬기를 잡기 위해서 돌들을 들으면 가재가 재빨리 도망을 가기도 했다. 잡은 다슬기는 벗은 웃옷에 담았다. 다슬기를 담은 웃옷이 묵직하게 되자 집에 가야 한다는 생각이 퍼뜩 들었다. 마지막으로 미정이가 책가방을 메고 잡은 다슬기를 들고 집으로 향했다. 용숙이네와 미정이네를 들리고 나서 은애는 집을 향해 빨리 걸어갔다. 얼른 집에 가서 잡은 다슬기를 엄마한테 보여 주고 싶었다. 현관에 들어서면서 은애는 엄마를 크게 불렀다.

"엄마! 이것 보세요."

방에서 테레비를 보고 있던 큰언니와 작은언니가 방에서 후다닥 나오며 큰 소리로 외쳤다.

"엄마! 은애 왔어요."

"몇 시인데 지금 오냐? 식구들이 얼마나 걱정했는지 알아?"

"다슬기 잡아 왔지. 많이 잡았지."

은애는 웃옷에 잡아 온 다슬기를 언니들한테 자랑스럽게 보여 줬다.

"조은애! 뭐 하다가 지금 왔지?"

엄마의 날카로운 목소리에 은애는 흠칫 놀랐다. 엄마가 '은애'가 아닌 '조은애'로 부를 때는 몹시 화가 나거나 매우 중요한 일이 생겼을 때 불렀기 때문이다. 은애 앞으로 다가온 엄마의 경직된 얼굴을 보고 은애는 더 기가 죽었다.

"냇가에서 다슬기를 잡아 왔어요."

은애는 기어들어 가는 목소리로 대답하면서 웃옷에 담아 온 다슬기를 엄마한테 보여 주었다.

"엄마가 너한테 이런 것 잡아 오라고 했어?"

"아니요."

"오늘같이 비가 많이 오면 공부가 끝나자마자 집으로 와야지. 언니들도 왔는데 너는 안 와서 옆집 경미한테 물어보니 학교에서 일찍 나갔다고 하더라. 저녁때가 되어도 안 오니깐 무슨 일이 생겼나 싶어서 아빠한테 전화하려던 참이야."

"죄송해요. 다슬기 잡으면서 냇가에서 놀다가 시간 가는 줄 몰랐어요."

"앞으로는 말없이 이렇게 늦으면 안 된다. 식구들이 걱정하잖아."

"알겠습니다."

"젖은 옷부터 벗어야겠다. 물이 뚝뚝 떨어지네."

은애는 현관에서 젖은 옷을 벗은 다음 부엌에 들어가서 목욕했다. 곤로에 데운 따뜻한 물로 목욕하고 나니 기분이 좋아졌다. 은애가 잡아 온 다슬기는 저녁밥을 먹고 나서 다 함께 맛있게 먹었다.

25

야호! 방학이다

이번 여름방학에도 은애는 언니들과 시골 할머니네 갔다. 엄마가 버스를 태워 줬는데 3시간이나 걸렸다. 오줌이 마려워도 웬만하면 참았다. 그래도 참을 수 없을 땐 버스터미널에서 10분간 정차했을 때 잽싸게 공중화장실을 다녀왔다. 그나마 멀미는 안 해서 다행이었다. 가끔가다 버스 안에서 토하거나 버스에 내리자마자 바닥에 토하는 사람들도 있었는데 그런 것을 보면 은애도 속이 울렁거렸다. 기진맥진해서 할머니네에 도착하니 사촌오빠들이 와 있었다. 사촌오빠들은 서울에 사는 큰아버지의 아들로 큰오빠는 중3이고 작은오빠는 중1로 큰언니와 동갑이다. 방학 동안 대식구가 지내기 위해서는 일을 분담해서 해야만 했다. 큰언니는 할머니를 도와서 음식을 만들거나 설거지하였고 큰오빠는 불 피우는 것을 도왔다. 작은오빠와 작은언니는 청소했고 은애는 잔심부름했다. 전기가 들어오지 않는 할머니네는 항상 이른 저녁을 먹었다. 할머니네에서 보내는 여름방학과 겨울방학의 풍경은 매우 달랐다.

우선 겨울방학에 대하여 말하자면 겨울에는 밖에서 보내는 시간보다 집 안에서 보내는 시간이 많았다. 밥을 먹고 나면 안방에서 라디오를 들거나 할머니와 할아버지가 고스톱 치는 것을 구경했다. 눈이 오면 눈사람을 만들거나 논에 가서 썰매를 탔다. 할아버지가 만들어 준 2개의 썰매는 겨울방학에는 가장 인기가 많았다. 두 사람이 먼저 타면 두 사람이 밀어주면서 탔는데 은애는 거의 맨 뒤에 탔다. 놀다가 갈증이 나면 처마 밑에 매달려 있는 고드름을 따서 먹었다. 간식으로는 장독대에 꽝꽝 얼려 놓은 홍시를 먹거나 고구마를 먹었다. 저녁을 먹고 나면 안방에 있는 화로를 중심으로 모여서 할머니의 옛날이야기나 라디오를 들었다. 초를 켠 방 안은 그림자놀이를 하기에 안성맞춤이어서 손가락으로 나비나 개를 만들면서 놀았다. 화로에 놓여 있는 주전자에는 모과차가 있어서 감기에 걸릴 것 같으면 모과차를 마셨다. 그래서 겨울의 안방에서는 늘 모과 향이 상큼하게 났다.

여름방학은 손톱에 봉숭아 물들이기부터 시작되었다.
"은옥아! 은희야! 은애야! 어서 오거라. 먼저 오는 사람부터 해 준다."
"그럴 줄 알고 저는 아까부터 기다리고 있었어요."
"그럼 은애부터 하자."
할머니는 봉숭아꽃과 잎을 백반과 함께 빻아서 햇볕에 꼬들꼬들하게 말린 것을 은애 손톱에 얹었다. 그리고 손톱을 아주까리잎으로 싼 다음 흰 무명실로 돌돌 싸맸다.
"자아. 다 됐다. 잘 때 빼지 말고 아침까지 참아야 한다."
"할머니 오른쪽 엄지손가락이 피가 안 통하는 것 같아요. 너무 단단하게 맺어요."
"그럼 안 되지. 다시 풀었다가 싸매 주마."

할머니는 은애의 손가락을 싼 아주까리잎을 풀고 다시 무명실로 동여 매줬다.

"할머니! 등 좀 긁어 주세요."

열 손가락을 아주까리잎으로 싸매고 나니 갑자기 등이 가렵기 시작했다. 할머니는 은애의 속옷 안으로 손을 넣고 등을 긁어 주셨다. 까칠한 할머니의 손이 닿자 가렵던 등이 시원해졌다.

낮에 신나게 놀러 다닌 은애는 초저녁잠에 곯아떨어지고 다음 날 아침 일찍 일어났다.

"아이 뭐야! 2개만 남고 다 빠졌네. 할머니. 내 손톱은 언니들만큼 진하게 되지 않은 것 같아요."

"이 정도면 괜찮아. 이쁘게 되었어."

"할머니! 첫눈 올 때까지 봉숭아 물이 남아 있으면 첫사랑이 이루어진대요."

"허허. 그럼 우리 은애도 첫눈 올 때까지 봉숭아 물이 있어야겠네. 자아. 오빠들 깨우고 아침밥 먹자."

할머니는 부엌으로 들어가고 은애는 오빠들을 깨우러 방으로 갔다. 은애는 된장찌개에 밥을 비벼서 먹고 나서 마당에 피어 있는 분꽃을 따서 귀걸이를 만들면서 놀았다. 한여름에는 무더워서 꼼짝 안 하고 마루에서 뒹굴뒹굴했다. 할머니네는 황토로 지은 한옥이라서 아무리 더워도 가만히 있으면 참을 수 있었다. 여느 때처럼 이른 저녁을 먹고 나면 사촌 오빠들이 마당에 커다란 멍석을 깔았다. 멍석에 누워서 밤하늘의 별을 바라보는 것을 모두가 좋아했기 때문이다. 한쪽에는 모깃불을 놓아서 모기가 달려들지 않도록 했다. 멍석에 누워서 꽁무니에 불빛을 달고 날아다니는 반딧불을 세다 보면 할머니가 홑이불을 가지고 와서 덮어주셨다. 살랑살랑 밤바람이 기분 좋게 불어서 깜빡 잠이 들 때도 있지만 할머니가 무서운 이야기를 해 줄 때면 잠이 확 달아났다. 이런 날이면 화장실에 갈 때는 언니들과 함께 갔는데 어김없이 무서운 꿈을 꾸곤 했다.

26

성탄절

　내일이면 기다리고 기다리던 성탄절이다. 어디를 가나 캐럴송이 들렸다.

"작은언니! 이번에도 아빠가 종합과자선물세트를 가지고 오시겠지?"

"아마 그럴 거야."

"아빠가 빨리 왔으면 좋겠다."

"너희들 테레비 그만 보고 책상 정리해. 지금 청소할 거야."

　은애와 작은언니는 책을 정리하고 옷도 가지런히 개어서 큰언니가 청소하는 것을 도왔다.

　부엌에서는 맛있는 냄새가 솔솔 났다. 은철이만이 한가롭게 테레비를 보고 있는데 현관문이 '빼꼼' 열렸다. 은애는 재빨리 현관으로 달려갔다.

"아빠. 잘 다녀오셨어요? 언니들, 아빠 오셨어."

　큰언니와 작은언니도 방에서 나와서 아빠한테 인사를 했다.

"우리 딸들도 잘 지냈나?"

　아빠는 뒤이어 나온 엄마에게 종합과자선물세트를 주고 차례대로 손 검사를 했다. 가끔가다 아빠는 손 검사를 했다.

"손톱에 때도 안 끼고 트시도 않았네. 그럼 아빠가 상을 줘야지."

아빠는 호주머니에서 황금빛 노란 귤을 꺼내서 큰언니부터 은철이까지 하나씩 주셨다.

"와! 귤이다."

은애는 아빠한테 받은 귤을 양손에 들고 냄새를 맡았다. 귤에서 상큼한 냄새가 났다. 손안에 있는 귤을 보던 은애는 용숙이와 미정, 숙자가 아직도 귤을 먹어 본 적이 없다고 한 말이 생각났다. 그래서 내일 마을로 가서 친구들과 함께 먹어야겠다고 생각하면서 귤을 호주머니에 잘 넣어 두었다.

저녁 식사 후 아빠가 종합과자선물세트를 열었다. 안에는 껌, 초콜릿, 과자, 사탕 등 다양한 종류의 과자가 들어 있었다. 아빠는 큰언니, 작은언니, 은애, 은철이의 순서로 똑같이 나누어 주셨다. 은애는 아빠한테 받은 과자 중에서 알사탕만 먹고 나머지는 가방 안에 넣어 두었다. 내일이면 산타 할아버지가 선물을 주니깐 일찍 자려고 하는데 좀처럼 잠이 안 왔다. 언니들도 잠이 안 오는지 뒤척였다.

"언니들, 그만 좀 움직여. 양쪽에서 움직이니깐 잠이 안 오잖아!"

"누웠다면 누가 업어 가도 모를 정도로 곯아떨어지더니 웬일이냐?"

"큰언니! 나도 일찍 안 잘 때가 있거든."

"1년에 서너 번만 일찍 안 자지."

"일찍 안 자고 싶은데 잠이 오면 어쩔 수가 없어. 저번에 아빠가 통닭을 사 와서 깨웠는데도 못 먹고 그냥 잤는데 아침에 일어나 보니 다 먹었더라."

"호호. 내가 봤지. 통닭을 입에 물고 자더라."

아카시아 향기

"내일이 성탄절이니깐 산타 할아버지가 선물을 주시겠지!"

"네가 그동안 엄마, 아빠 말씀 잘 들었으면 주시겠지."

"그럼 난 주실 거야. 심부름도 잘했거든. 그런데 왜 산타 할아버지는 선물을 언니들과 똑같은 것으로 주실까?"

"그거야 산타 할아버지가 모든 집에 선물을 배달하려면 헷갈리니깐 같은 선물을 주시는 거지."

"그렇구나. 내일은 어떤 선물을 주실지 기대된다."

은애가 자려고 할 때 멀리서 교회 종소리가 들렸다. 용숙이와 미정, 숙자는 마을에 있는 교회에 갔을 것이다. 성탄절이 있는 12월이면 교회에 안 다니는 친구들도 교회에 갔는데 교회에 가면 맛있는 과자도 먹고 연극도 한다고 했다. 또 집집마다 돌며 '새벽송'을 부른다고 용숙이가 알려 줬다. 오늘만큼은 통행금지가 해제되어서 밤에도 자유롭게 움직일 수 있는 좋은 날이라고 언니들과 수다를 떨면서 은애는 잠이 들었다.

"어! 뭘까?"

은애는 잠에서 깨자마자 머리맡에 있는 종이로 된 포장을 뜯었다. 선물은 못난이 삼형제 중 막내 인형과 모자였다. 시내에 갔을 때 못난이 인형을 가지고 싶다고 아빠한테 말을 했는데 용케 산타 할아버지가 알고 선물을 주신 것이다.

"언니들! 빨리 일어나 봐! 산타 할아버지가 선물을 주고 가셨어."

은애의 말에 언니들도 일어나서 머리맡에 있는 선물을 확인했다. 큰언니는 못난이 삼형제 중 맏이 인형과 소꿉을 받고 작은언니는 못난이 삼형제 중 중간 인형과 장갑을 선물로 받았다. 은애는 해마다 선물을 주고 가는 산타 할아버지가 고맙다는 생각이 들었다. 그래서 앞으로도 엄마 와 아빠 말을 잘 듣고 공부도 열심히 하겠다고 다짐했다.

27

자전거 배우기

은애는 이젠 6학년이 되었다. 여전히 친구들과 밖에서 노는 것을 좋아해서 얼굴이 까무잡잡하게 탔다. 긴 다리로 달리기도 잘해서 가을 운동회 때에는 반 대표로 나간 경주에서 1등을 해서 공책을 3권이나 받았다. 은애는 공부가 끝나면 가방을 나무 그늘에 던져 놓고 운동장에서 놀았다. 얼마 전엔 은애와 친구들이 운동장에서 고무줄놀이하는데 순철이가 고무줄을 끊고 도망을 가서 한바탕 난리가 났었다. 은애와 친구들은 고무줄놀이, 사방치기, 말뚝박기 등 놀이라면 가리지 않고 놀았다.

오늘도 은애와 친구들이 사방치기를 하려고 운동장에 나오니깐 빈득이가 자전거를 타고 있었다.

"와아! 무슨 자전거가 이렇게 크냐?"

용숙이는 빈득이의 커다란 자전거가 신기한 듯 쳐다보았다.

"이 자전거는 짐을 싣는 자전거야. 아빠가 일하러 가실 때 타고 가는 자전거인데 오늘은 출근을 안 해서 내가 타고 왔어."

"네가 이 자전거를 타니깐 자전거가 더 커 보인다."

"이 자전거가 크니깐 누가 타노 마찬가지야!"

"은애가 타면 그렇지 않을 거야."

"그럼 은애가 한번 타 봐."

"아니야! 난 자전거를 탈 줄 몰라. 지금까지 자전거를 타 본 적이 없어."

"실제로 안 타도 되니깐 자전거에 올라가서 서 있기만이라도 해 봐. 빈득이가 자전거 타는 것과 느낌이 다를 거야."

"알았어. 용숙이의 말대로 자전거를 타는 시늉만 해 볼게."

은애는 빈득이의 짐 자전거를 받아서 타는 시늉만 했다.

"확실히 느낌이 다르다. 은애가 더 잘 어울리네."

"그러면 뭐 하냐? 자전거를 탈 줄 모르는데."

"은애야! 우리 내기할래?"

"무슨 내기?"

"네가 1시간 안으로 자전거를 타면 1주일 동안 교실 청소를 내가 할게. 대신 못 타면 네가 내 청소해 주는 거야."

"난 자신 없어. 안 할 거야."

"은애야! 한번 해 봐. 우리가 도와줄게."

"너희들이 어떻게 도와줄 건데?"

"우리가 양쪽에서 자전거를 잡아 줄게."

"은애야! 용숙이 말대로 우리가 양쪽에서 잡으면 쉽게 배울 수 있을 거야. 너는 운동 신경이 있어서 금방 배울 거야."

"그래도 이렇게 큰 자전거는 본 적이 없어서 자신 없어."

"이때 아니면 언제 자전거 배우겠냐? 우리를 믿고 내기해."

"그래 좋아! 너희들 믿고 도전해 볼게. 대신 타는 법을 알려 줘."

"드디어 도전하기로 했냐? 그럼 자전거 타는 것을 보여 주지. 첫 번째는 안장에 앉아서 두 손으로 핸들을 잡고 한 발은 페달에 놓고 다른 발은 땅을 딛고 서 보는 거야. 처음에는 이것도 쉽지 않을걸. 그리고 땅을 딛고 있던 발로 페달을 굴리면서 출발하는 거야. 출발해서 가다가 멈추고 싶으면 서서히 브레이크를 잡고 속도를 줄인 다음 멈춰서 한쪽 발을 땅에 내디디면 돼. 가고 싶은 방향이 있으면 핸들로 방향을 바꾸면 되는데 무엇보다도 자신감을 가지고 타는 것이 중요해. 무섭다고 생각하면 탈 수 없어. 이것으로 내가 알려 줄 것은 다 알려 줬어. 이제부턴 네가 알아서 해.”

“알았어. 애들아! 잡아 줘!”

앞에는 용숙이와 숙자가 잡아 주고 뒤에는 미정이와 경미가 잡아 주었다. 처음엔 한쪽으로 자꾸 쏠려서 중심 잡기도 힘들었지만 몇 번을 하다 보니 출발하기는 그런대로 되었는데 멈추기가 안 됐다. 자전거를 멈춰야 한다는 생각에 급하게 브레이크를 잡으니 자꾸 쓰러졌다.

“은애야! 갑자기 브레이크 잡지 말고 천천히 잡으면 안 쓰러져. 저번에 버스 타고 시내 갈 때 생각해 봐. 운전사 아저씨가 갑자기 브레이크를 잡아서 앞으로 쏠려서 큰일 날 뻔했잖아!”

은애는 경미 말대로 브레이크를 천천히 잡는 법을 연습했다. 마음의 여유를 가지고 하니 멈추기도 잘되었다.

처음에는 자전거가 뻑뻑하고 무거워서 잘 안 나갔는데 타다 보니 자전거가 자연스럽게 나갔다. 어느 정도 앞으로 갈 수 있게 되자 경미와 미정이만 자전거 뒤쪽에서 잡아 주게 되었다.

“이번엔 교문까지 길 대니긴 길 잡아 줘!”

은애는 크게 한숨을 쉬고 나서 교문을 향해 자전거를 타고 출발했다. 어느 순간 자전거가 가볍다는 생각이 들었지만 그대로 계속 갔다. 교문에 도착해서 속도를 줄이고 브레이크를 잡고 뒤를 돌아보니 친구들이 아무도 없었다. 은애 혼자서 자전거를 타고 온 것이다.

"은애야! 너 혼자서 자전거 탔어."

"거기에서 여기까지 자전거 타고 와 봐!"

용숙이와 경미, 미정, 숙자는 멀리서 손을 흔들고 난리가 났다. '내가 혼자서 자전거를 탔구나.'라는 생각이 들자 은애는 얼떨떨했다. 멀리서 빈득이와 태형이를 비롯하여 남학생들이 은애가 자전거를 타고 오는 것을 보고 있었다. 은애는 자전거를 타고 빈득이 앞으로 갔다.

"은애야! 네가 자전거를 탈 줄 몰랐는데 축하한다!"

"고마워! 네 덕분에 자전거를 탈 줄 알게 되었어. 그래서 말인데 청소는 내가 그냥 할게."

"왜? 내기했잖아!"

"물론 내기는 했지만 네 덕분에 자전거를 탈 줄 알게 되었잖아!"

"사실은 네가 탈 것이라고는 전혀 생각을 못 했어. 그런데 자전거 타는 너를 보니깐 나도 기쁘다."

"암튼 고마워. 자전거 받아."

은애는 빈득이에게 자전거를 돌려주고 친구들과 자전거 이야기를 하면서 집으로 향했다. 생각지도 않게 자전거를 배우게 된 은애는 집에 와서 엄마와 아빠 그리고 언니들한테 자전거를 타게 된 것에 대하여 자랑스럽게 이야기했다.

28

관사여! 안녕!

다음 주면 관사를 떠난다. 아빠의 전근으로 할머니네로 다시 이사 가게 되었다. 그래서 수원지에 있는 세호 오빠네서 은애네를 점심 식사에 초대하였다. 관사는 은애가 국민학교를 입학하고 졸업할 때까지 6년간 생활한 곳이다. 처음 관사에 이사 와서 혼자 심심하게 놀던 것과 경미네가 이사 왔던 것 등등 은애는 관사에서 생활했던 것들이 하나씩 생각이 났다. 특히 놀이터는 동네 아이들이 가장 부러워했다. 그래서 은애는 자주 동네 친구들을 데리고 와서 놀이터에서 놀았었다. 혼자가 아닌 친구들과 놀면서 은애의 성격은 밝고 활달해졌다.

그리고 관사에 살면서 가장 좋았던 것은 국민학교에 들어간 것이다. 학교에 들어가서 한글을 깨치게 되면서 은애는 또 다른 세계가 있음을 알게 되었다. 은애는 학교에서 배우는 교과서 외에 아빠가 사다 주는 〈어깨동무〉라는 어린이잡지나 동화책을 읽고 또 읽었다. 읽을 것이 없으면 언니들 국어책도 몰래 꺼내서 읽었다. 은애가 점차 책을 많이 읽게 되면서 언니들과 이야기하는 데도 어려움이 없게 되었다. 예전에는 은애가 말을 하면 알아듣지 못하겠다고 핀잔하던 언니들과도 막힘없이 내화를 할 수 있게 되었다.

"은애야! 안 나오고 뭐 하냐?"

마당에서는 엄마와 아빠 그리고 언니들과 은철이가 기다리고 있었다. 은애는 잽싸게 코트를 걸치고 밖으로 나갔다. 2월이라서 아직 추운 날씨지만 한낮은 그런대로 따뜻했다. 관사에 살기 전에 짧게 살았던 세호 오빠네지만 은애에겐 소중한 추억이 많은 곳이었다. 어느덧 3살이던 은철이도 국민학생이 되었고 큰언니는 고등학생, 작은언니는 중학생이 되었다. 3월이면 은애도 중학생이 된다.

"어서 오세요. 추운데 고생하셨어요!"

"아닙니다. 이렇게 초대해 주셔서 감사합니다."

"어서들 오거라."

세호 오빠네 할머니는 큰언니와 작은언니 그리고 은애의 손을 차례로 잡아 주셨다.

"은옥이와 은희는 아가씨가 다 되었네. 우리 은애는 언니들보다 키가 더 크네."

"그래서 언니들 옷을 못 물려받아서 사 주어야 해요."

"아무렴 새로 사 주어야 하고말고."

할머니는 은애가 대견스럽다는 듯이 엉덩이를 토닥토닥해 주셨다.

"자. 음식이 식기 전에 어서 앉아서 먹읍시다."

세호 오빠네 아저씨가 자리를 권해서 자리에 앉게 되었는데 이번에도 은애는 세호 오빠 옆자리에 앉게 되었다. 큰언니와 작은언니는 세희 언니의 옆자리에 앉았다.

"곱슬머리! 이젠 콩도 잘 먹네."

"응: 이젠 콩도 맛있어."

"생선은 여전히 잘 먹고."

"난 뭐든지 잘 먹었어."

"하하하. 그랬었지."

　은애네 가족과 세호 오빠네 가족은 점심을 먹고 나서 담화 시간도 가졌다. 언니들은 세희 언니 방에 가서 수다를 떨었고 은애는 들마루를 찾아서 밖으로 나왔다. 낡긴 해도 들마루는 여전히 그 자리에 있었다. 한낮의 따뜻한 햇볕으로 들마루에 앉아도 엉덩이가 차갑지 않았다. 들마루에 앉아서 수원지를 바라보고 있는 은애 옆에 세호 오빠가 와서 앉았다.

"여기에 나와 있을 줄 알았다."

"오빠 내가 여기에 있는 줄 어떻게 알았어?"

"이 들마루에 앉아서 오고 가는 사람들을 보는 것을 좋아했잖아!"

"오빠 아직도 그것을 기억하고 있네. 맞아. 난 여기 들마루에 앉아서 사람들을 관찰하는 것을 좋아했어. 솔직히 말하면 그때 내가 할 수 있는 것이라곤 그것밖에 없었어."

"지금 들마루에 앉아 보니 어떤 생각이 들어?"

"겨울이라서 오고 가는 사람들이 없는 것처럼 이 들마루도 휴식이 필요한 것 같아."

"은애가 이젠 많이 컸구나!"

"나도 이젠 중학생이야. 예전의 내가 아니야. 그리고 이제야 말을 하는 네 오빠 나한텐 언제나 듬직한 존재였어. 내가 물에 빠질 뻔한 것도 구해 주고 심심해서 무료할 때면 여기저기 데리고 다녔었지. 그땐 정말 고마웠어."

"야아! 곱슬머리한테서 이런 말을 들으니 정말 기분이 좋다."

"호호. 곱슬머리라고 하는 것 정말 오랜만에 들어 본다. 오빠만 곱슬머리라고 부르거든."

"앞으로도 곱슬머리라고 불러도 돼?"

"오빠 마음대로 해."

"그리고 이것 받아."

"이게 뭐야?"

"중학교 들어가면 주려고 했는데 지금 줄게. 만년필이야. 그리고 앞으로 가다 보면 길이 안 보이고 혼란스러울 때가 있을 거야. 그땐 당황하지 말고 잠시 눈을 감고 멈추었다가 찬찬히 눈을 떠 봐. 그럼 또 다른 길이 보일 거야. 지금은 잘 모르겠지만 나중에 내가 한 말을 이해하게 될 거야. 알겠지?"

"응. 알았어. 오빠 말대로 할게. 그런데 나중에 오빠를 다시 만날 수 있을까?"

"아마도 만날 인연이라면 만나겠지."

"꼭 다시 만났으면 좋겠다. 그럼 그때 내 남자 친구가 되어 줘."

이렇게 은애는 세호 오빠와 작별 인사했다. 1주일 후에 은애네 가족은 다시 캄캄한 굴다리를 거쳐서 할머니네로 이사했다. 엄마와 큰언니, 작은언니, 은애와 은철이는 기차로 할머니네로 먼저 출발했고 아빠는 트럭에 짐을 싣고 나중에 오셨다.

다시 할머니네로
이사

1

중학생이 된 은애

　은애네는 아빠의 직장 때문에 다시 할머니네로 이사 왔다. 은애가 7살 때 이사 가서 중학생이 되어서 돌아온 것이다. 편한 관사 생활하다가 한옥으로 이사 오니 여러 가지가 불편했다. 관사라면 아무리 추운 날씨라도 방에 있으면 따뜻했는데 한옥은 불을 지펴야 방이 따뜻했다. 그리고 따뜻한 물도 가마솥에 끓여야 쓸 수 있었고 화장실도 바깥마당에 있어서 멀었다. 바람이 강하게 불면 문들이 덜컹거리면서 한지 사이로 바람이 '휙휙' 들어왔다. 추운 날에는 방에서도 입김이 났다. 막상 이사 오니 방학 때 놀러 왔던 것과는 여러 가지가 달랐다. 그래서 가끔 관사가 그리웠다.

　이젠 은애도 중학생이 되었다. 그래서 은애는 교복 위에 남색 코트를 입고 손잡이가 딱딱한 가방을 들었다. 바깥마당에서 언니들의 재촉하는 소리에 얼른 검정 구두를 신고 대문을 나섰다. 큰언니와 작은언니는 전학을 왔고 은애는 중학교에 입학했다. 학교는 걸어서 30분 거리에 있는데 중학교와 고등학교는 같은 재단이므로 한 울타리에 있어서 함께 등교했다. 은애는 등교 첫날 배정받은 1학년 3반 교실로 들어갔다. 교실에는 자신과 똑같은 교복을 입은 학생들이 떠들고 있었다. 이윽고 담임 선생님이 들어와서 전반적인 학교생활에 대하여 설명하고 자리를 정해 주셨다. 은애는 57명 중에 53번째로 키가 커서 맨 뒷자리에 앉게 되었다.

수업 시간에는 너무나 조용해서 숨을 쉬는 것조차 버거울 정도로 숙연했는데 쉬는 시간이 되기가 무섭게 교실은 시끄러웠다. 친구들을 만나러 오거나 가는 학생들로 떠들썩했기 때문이다. 은애의 짝꿍도 틈만 나면 친구를 만나러 옆 반으로 갔다. 그러나 은애는 찾아가거나 찾아올 친구가 없어서 혼자만 자리를 지키며 앉아 있었다. 은애는 다시 7살 때로 돌아간 듯 움츠러들었다. 마치 혼자만 다른 세계에 떨어져 있는 이방인같이 느껴졌다. 마을에는 또래의 여자아이가 있다고 들었는데 아직 만나 본 적은 없다. 방학 때 할머니네에 놀러 와도 언니들과 사촌오빠들하고만 놀았기 때문이다.

수업이 끝나서 '처벅처벅' 집에 걸어갈 때 뒤에서 부르는 소리가 났다.
"네가 이번에 이사 온 조은애니?"
"응. 내가 조은애야. 내 이름 어떻게 알았어?"
"엄마가 그러더라. 나하고 같은 나이라고."
"그럼 너도 중학교 1학년이야?"
"응. 난 2반인데 너는 3반이더라. 3반에 친구들이 있어서 놀러 갔다가 너를 봤어."
"네 이름은 뭐야?"
"난 심미자야. 암튼 네가 이사 와서 좋아. 우리 농네에는 남학생들만 5명이나 있고 여자는 나 혼자 거든. 물론 옆 동네에는 여자 친구들이 있어서 동네 어귀까지 함께 다니고 있긴 하지만 말이야."

"그렇지 않아도 내 또래가 있다는 말을 들어서 궁금했는데 만나서 반갑다. 앞으로 잘 지내자."

이후로 동네 친구인 김미자와는 중학교는 물론이고 고등학교 졸업할 때까지 함께 다녔다.

아카시아 향기

2

친구 현정이

아직 중학교생활이 익숙하지 않은 은애지만 화장실도 혼자서 다녔다. 옆 반에 김미자라는 동네 친구가 있지만 같은 반이 아니라서 화장실을 함께 다니기에는 불편했다. 대부분 화장실은 2~3명이 함께 가서 서로 화장실 문을 지켜 주었다. 화장실 문을 밖에서 잡아당기면 '벌컥' 열릴 때도 있었기 때문이다. 이날도 은애는 혼자서 화장실에 갔다. 모든 화장실이 찼기 때문에 차례를 기다리고 있었다.

"3반이죠? 나도 3반이에요."

"나를 어떻게 알아요?"

"쉬는 시간에 혼자 앉아 있는 것 봤어요. 어느 국민학교 나왔어요?"

"난 대전에 있는 국민학교를 졸업했어요."

"그럴 줄 알았어요. 우리 정식으로 인사해요. 난 박현정이에요."

"난 조은애예요."

"우리 앞으로 잘 지내요. 화장실 문을 지켜 줄 테니 먼저 들어가요."

"아뇨. 먼저 들어가요."

은애와 현정이는 서로 화장실 문을 지켜 준다고 양보하다가 뒤에서 재촉하는 학생들로 인하여 얼떨결에 은애가 먼저 화장실에 들어갔다. 이후로도 은애와 현정이는 서로 존댓말을 사용하였다. 짝꿍이나 미자한테는 반말했는데 현정이한테는 반말이 나오지 않았다. 현정이도 마찬가지인지 은애한테는 존댓말을 하였다. 은애가 저녁밥을 먹으면서 현정이와 있었던 이야기를 하자 듣고 있던 작은언니가 웃고 난리 났다.

"웃긴다! 친구라면 반말해야지. 쪼그마한 것들이 어른 흉내를 내면서 존댓말을 쓰냐."

"그게 왜 웃겨! 서로 존댓말을 할 수도 있지."

"그 친구를 봤는데 존댓말이 나오던?"

"당연하지. 저절로 존댓말이 나왔어. 나도 그 친구도."

"암튼 너도 현정이도 웃긴다."

작은언니의 말을 듣고 생각해 보니 다른 친구들과 다르게 현정이한테는 처음부터 반말이 나오지 않았다. 현정이와는 더 특별한 친구가 될 것이라는 느낌이 들었는데 은애의 이런 예감은 틀리지 않았다. 그리고 현정이와는 중고등학교 6년간 같은 반이 되었다. 나중에는 '너와 나는 보이지 않는 끈이 연결된 것 같으니 끊어야 한다.'라는 농담도 할 정도였다.

은애와 현정이는 3일간 존댓말을 사용하다가 서로 말을 놓기로 하였다. 이후로 은애와 현정이는 화장실은 물론이고 어디를 가든지 함께 다녔다. 친구들은 '한 쌍의 어울리는 바퀴벌레'라는 별명을 붙여 주었다. 은애는 집에 돌아오면 현정이와 보낸 일을 이야기하기에 바빴다. 그러면 언니들은 또 시작되었다고 핀잔해도 엄마는 웃으면서 끝까지 들어주셨다. 학교에서 매일 붙어 다녀도 아쉬운 날에는 서로의 집까지 배웅해 준다면서 오고 가기를 반복할 때도 있었다. 은애와 현정이네 집은 학

　　　　　　　　　　　　　　　　아카시아 향기

교에서 나오면 신작로를 중심으로 45도 각도로 갈라져 있는 길을 가야
했다.

"안녕. 내일 보자."

"조심해서 가. 내일 보자."

인사를 하고 집으로 가다가 뒤를 돌아다봤을 때, 눈이 맞으면 누구라고
할 것 없이 신작로로 다시 왔다. 그리고 서로의 집으로 데려다주는 것을
반복했다. 은애네 동네 어귀까지 오면 다시 현정이네 동네 어귀까지 갔
다가 결국은 신작로로 다시 와서 각자의 집으로 돌아갔다.

오늘도 은애는 학교에서 돌아오자 가방을 마루에 놓고 부엌에서 밥하
고 있는 엄마를 쫓아다니면서 현정이와 지낸 것에 대하여 열심히 수다
를 떨었다. 불을 피워서 대식구의 밥을 준비하는 엄마는 아무리 바빠도
은애의 말을 끝까지 들어 주셨다.

"우리 은애가 현정이라는 친구를 많이 좋아하는구나!"

"응. 난 현정이가 정말 좋아요. 현정이와 말을 하면 잘 통해요."

"그런 좋은 친구가 있어서 다행이다. 좋은 친구일수록 서로 존중해야
한다."

"나도 알아요. 그래서 예의 바르게 대하고 있어요."

은애와 현정이는 언제나 학교생활을 하는 데 서로 버팀목이 되어 주는
든든한 친구가 되었다.

3

할머니의 정원

'종알종알' 재잘거리는 새 소리에 은애는 눈을 떴다. 모처럼 일요일이라서 늦잠을 자고 있는데 창호지를 통해서 들어오는 아침 햇살과 새 소리에 은애는 이불을 뒤집어썼다. 양쪽 옆에서 언니들은 미동도 하지 않고 잠을 자고 있다. 곧이어 할아버지가 안방에서 '쿵쿵'거리며 건너와서 방문을 '확' 열어젖혔다.

"이 녀석들! 안 일어나나. 지금이 몇 시인데 아직도 잠자고 있는 거야?"

매번 일요일마다 반복되는 일상이지만 오늘따라 일어나기 싫은 은애는 할아버지한테 말대꾸했다.

"할아버지! 오늘은 일요일이라서 늦잠을 자도 돼요."

"뭐야! 학교에 안 가도 일어나야지. 해가 중천에 떴다. 얼른 일어나서 세수하고 밥 먹자."

"할아버지 먼저 드세요. 아침밥은 언니들하고 제가 챙겨서 먹을게요. 오늘은 더 잘 거예요."

"아이고 일요일만큼은 그냥 내버려 둬요. 한창 잠이 많을 때가 아니에요?"

어느새 뒤따라온 할머니가 할아버지한테 싫은 소리를 해도 할아버지는 방문을 활짝 열어 놓고 가셨다. 할머니는 그런 할아버지를 못마땅한 눈

아카시아 향기

으로 보다가 누워 있는 은애와 눈이 마주치자 웃으면서 문을 닫아 주고 가셨다.

은애는 잠이 '확' 달아났지만 일어나고 싶지 않았다. 미적거리며 잠자리에 있으면 안방에서 들려오는 테레비 소리가 더 또렷하게 들렸다. 할아버지는 보는 사람이 없어도 아침에 일어나서 잠자리에 들 때까지 테레비가 나오는 시간이면 종일 틀어 놓으셨다. 은애는 양쪽에서 코를 골면서 자는 언니들의 코를 잡아당겨 보지만 언니들은 미동도 없다. 아마도 큰언니와 작은언니는 라디오를 늦게까지 듣고 잠이 들었을 것이다. 잠은 깼지만 일어나기 싫은 은애는 엉금엉금 기어서 문 쪽으로 갔다. 한옥이라서 유리가 아니라 창호지를 바른 문인데 안에는 미닫이로 되어 있고 밖은 빗살문으로 당겨서 열게 되어 있는 2중 문이다. 우선 미닫이를 옆으로 열고 바깥에 있는 빗살문을 앞으로 밀어서 힘껏 문을 제쳤다. '삐꺽' 소리가 나면서 문이 요란하게 열렸다.
"야! 조은애. 아침부터 웬 난리야. 잠 좀 자자."
"죽고 싶어? 다시 안 닫아?!"
큰언니와 작은언니가 버럭 소리를 지르면서 이불을 뒤집어썼다.

누워 있던 은애는 창문을 닫으려고 일어나다가 창문 너머로 보이는 풍경에 벌떡 일어나서 앉았다. 뒤뜰에 있는 앵두나무에 새들이 앉아서 빨간 앵두를 따 먹고 있었다. 그래서 새들이 다른 때보다 더 시끄럽게 재잘거리고 있었던 모양이다. 앵두나무 주변에는 민들레가 피어 있고 장독대 주변에는 수국과 노랑 창포가 피어 있는 것이 보였다. 은애는 창문을 닫고 주섬주섬 옷을 입고 뒤뜰로 나갔다. 은애가 뜰에 나타나자 앵두를 먹고 있던 새들이 급하게 '후다닥' 날아갔다. 은애는 새들한테 미안한 마음이 들어서 바로 앵두나무로 가지 않고 근처에 있는 노랑 창포를 보러 장독대로 갔다. 장독대에는 골담초도 피어 있어서 한 움큼 따서 먹었다. 향긋한 골담초는 떡을 해서 먹는 꽃이다. 시간이 지나도 날아간 새들이 오지 않자 은애는 앵두를 따서 먹기 시작했다. 앵두는 새콤하면서 달콤한 것이 정말 맛있다. 한 번 따서 먹기 시작한 앵두는 맛이 있어서 계속 먹게 되었다. 한 주먹 따서 입에 넣고 오물오물하다가 씨를 뱉으니 바닥에 하얗게 씨만 떨어졌다. 앵두를 어느 정도 먹고 나자 은애는 쪽문을 통해서 집 밖으로 나왔다. 살구가 노랗게 익어서 떨어져 있었다. 살구를 주워서 먹고 있을 때 일하는 아저씨가 살구를 주우러 나왔다.

"아저씨! 살구 주우러 왔어요?"

"그래. 은애가 일찍 일어났구나!"

"저도 함께 주울게요."

"그러면 고맙지."

은애와 아저씨는 살구를 주워서 양동이에 담았다. 풀에 떨어진 노란 살구는 초록색 풀과 어우러져서 이뻤다.

이윽고 살구를 다 주워서 담자 아저씨는 양동이를 들고 집으로 들어가고 은애는 옆에 있는 딸기밭으로 갔다. 딸기가 익으려면 좀 더 기다려야 하겠지만 한두 개는 따 먹을 수가 있었다. 딸기까지 따 먹은 은애는 대문이 있는 곳으로 왔다. 대문을 중심으로 바깥마당과 안마당으로 구분되는데 바깥마당에는 철쭉과 백합이 있고 안마당에는 채송화와 목단 등이 심겨 있다. 가을이 되면 다양한 종류의 국화꽃도 피는데 이런 것은 모두 할머니가 가꾸었다. 그래서 은애는 '할머니의 정원'이라고 이름을 지었다. 집 전체가 '할머니의 정원'인 셈이다. 오늘도 은애는 '할머니의 정원'을 둘러보며 앵두와 살구를 먹고 장미가 흐드러지게 핀 대문을 통해서 집 안으로 들어왔다.

할머니의 정원

4

아빠의 중고차

"도시락들 가져가."

엄마가 싼 4개의 도시락이 마루에 나란히 놓여 있다. 큰언니부터 은철이까지 4개의 도시락이다.

"큰언니! 빨리 나와. 이러다가 늦겠어."

"알았어. 조금만 기다려."

"맨날 아침마다 이러냐. 빨리 준비해야지."

"너희는 머리만 빗으면 되지만 나는 갈래머리를 해서 묶어야 하잖아."

오늘도 은애와 언니들은 서둘러서 집을 나섰다. 지체하면 지각을 할 수도 있기 때문이다. 한 손에는 무거운 책가방을 들고 다른 쪽 어깨에는 도시락을 넣은 보조 가방을 메고 30분 걸어서 학교에 도착하니 땀이 나고 속옷도 축축했다. 이럴 때면 차가 있어서 학교까지 데려다주면 좋겠다는 생각이 간절했다.

아침부터 허둥댄 날은 학교에서도 정신없이 보냈다. 오늘이 그랬다. 체육복을 안 가지고 와서 옆 반에 가서 빌려 오고 숙제를 안 해서 점심시간에 현정이의 노트를 빌려서 베꼈다. 수업이 끝나자 은애는 쭈쭈바를 입에 물고 혼자서 터벅터벅 집으로 향했다. 옆 반인 미자는 청소 당번이고 현정이는 집에 일이 있어서 먼저 갔다. 1주일 중 목요일인 오늘이 가장 길게 느껴지고 힘들다고 생각하면서 비포장도로를 걸어가는데 자꾸 돌멩이에 구두가 걸렸다. 어느새 까만 구두에 하얗게 먼지가 앉았다. 집에까지 걸어서 갈 생각하니 다리가 천근만근 무거웠다. 춘추복을 입고 걷다 보니 더워서 긴 소매 끝을 접어 보지만 여전히 더웠다. 얼른 집에 가서 할머니가 설탕에 재워 놓은 딸기를 먹어야겠다는 생각만 간절했다. 힘없이 걷던 은애는 마주 오는 승용차를 보고 길가로 비켜서 걸었다.

'빵빵!'

그러자 자동차의 클랙슨을 더 요란스럽게 울렸다. 짜증이 난 은애는 인상을 쓰면서 더 안쪽 길로 비켜서 걸어갔다.

"은애야!"

누군가 자신의 이름을 부르는 것 같아서 주위를 둘러보지만 아무도 없어서 다시 걷기 시작했다. '빵빵' 클랙슨을 울리면서 자동차가 후진해서 은애 앞에 와서 멈췄다.

"아빠가 그렇게 불러도 못 알아듣나?"

"아빠! 이 자동차 뭐예요? 아빠 자동차예요?"

"물론이지! 집에 가는 길이야?"

"네."

"미자는 어디 가고 혼자 가고 있어?"

"미자는 청소 당번이라서 저 먼저 왔어요."

"지금 읍내 나가는데 함께 갈래?"

"좋아요. 그럼 우리도 자동차가 생긴 거예요?"

은애는 처음으로 아빠가 운전하는 자동차를 타고 읍내에 나갔다. 버스를 타고 가던 길을 아빠가 운전하는 자동차를 타고 가니 금방 읍내에 도착했다. 은애는 아빠가 읍사무소에서 일을 보는 동안 기다렸다. 할머니와 할아버지, 아줌마와 아저씨들이 오고 가는 읍사무소는 많이 붐볐다. 아빠가 볼일을 마치고 나니 저녁 시간이 되었다. 아빠는 읍내에서 맛있다고 소문난 중국집에서 짜장면을 사 주었다. 짜장면을 나무젓가락으로 돌돌 말아서 한입 가득 넣어서 먹다가 시커먼 짜장이 은애의 하얀 교복에 튀었다.

"앗! 어쩌지. 교복에 짜장이 묻었네."

"괜찮아! 아빠가 물수건을 달라고 할게."

아빠는 주방에 가서 물수건을 가지고 와서 교복에 묻은 짜장을 닦아 주셨다. 흔적이 남아 있긴 해도 집에 가서 빨면 빠질 것이다. 짜장면을 먹고 난 은애는 아빠가 운전하는 자동차를 타고 캄캄한 밤이 되어서야 집에 돌아왔다. 이후로 아빠가 출근하면서 은애와 언니들을 학교 앞 정문까지 태워다 주셨다. 은애는 고등학교를 졸업할 때까지 아빠의 자동차를 타고 읍내나 시장 등 이곳저곳을 자주 다녔다.

5

생일선물

은애의 생일은 한여름인 8월 3일이다. 엄마는 은애를 낳은 달이 너무나 더워서 산후조리 못 해서 몸이 아프다고 하셨는데 오늘도 이런 말을 들었다. 바로 은애의 생일이기 때문이다. 엄마는 흰 쌀밥에 미역국과 불고기, 생선조림 등 맛있는 반찬과 수박, 참외, 복숭아 등 은애가 좋아하는 과일 등으로 한 상 차려 주셨다.

할머니는 생일이라고 용돈을 주셨고 언니들은 양말과 머리핀을 주었다. 은애는 생일이 방학에 있어서 다행이라는 생각을 하면서 한가롭게 '뒹굴뒹굴'했다. 오직 파리만이 '엥엥'거리며 귀찮게 할 때 은애는 낮잠에 빠졌다.

"은애야! 어디 있니?"

은애가 비몽사몽 중에 눈을 떠서 주위를 두리번거리다가 다시 잠에 빠져들려고 할 때 할머니가 와서 은애를 깨웠다.

"은애야! 그만 일어나라. 사랑방에서 아빠가 부르고 있잖아."

"왜요?"

은애는 눈을 비비면서 일어나서 앉았다.

"글쎄나. 아빠한테 가 보믄 알겠시."

은애는 할머니의 말을 듣고 아래채에 있는 사랑방으로 갔다.

"아빠! 불렀어요?"

"물론이지. 아빠가 생일선물 주려고 불렀지."

아빠는 분홍색으로 된 조그마한 상자를 은애한테 내밀었다. 은애는 아빠가 준 분홍색 상자를 열어 보고 눈이 휘둥그레졌다.

"아빠! 제 시계예요?"

"그럼 우리 넙죽이 것이지. 자! 아빠가 손목에 채워 줄게."

아빠는 은애의 손목에 시계를 채워 주셨다. 아빠가 사 준 시계는 날짜도 있는 사각으로 된 것으로 옆에 있는 태엽을 감아서 밥을 주는 시계였다.

"줄도 가죽이라서 튼튼할 거야. 방수도 되니깐 손을 씻을 때도 그대로 차고 씻어도 돼."

"아빠! 정말 감사합니다."

은애는 아빠가 채워 준 손목시계를 바라보면서 사랑방에서 나왔다.

은애가 미소를 지으면서 방에서 나오는 것을 보고 큰언니와 작은언니가 은애한테 왔다.

"아빠가 왜 부르셨어?"

"생일선물 주셨지?"

"응."

은애는 왠지 모르게 언니들한테 미안한 마음이 들어서 팔을 슬그머니 뒤로 숨겼다.

"뭘 숨기고 그래?"

작은언니가 은애의 팔을 낚아채면서 손목시계를 발견했다.

"설마? 이 시계를 아빠가 사 준 거야?"

은애가 얼른 손목을 뒤로 숨기자 이번엔 큰언니가 은애의 손목을 잡았다.

"정말 생일선물로 이 시계를 사 준 거야?"

은애가 고개를 끄떡이자 언니들은 씩씩거리면서 아빠한테 갔다. 한참 있다가 온 언니들은 그래도 화가 났는지 은애를 지나쳐서 부엌에 있는 엄마한테 갔다. 부엌에서는 엄마와 언니들의 말소리가 들리는데 들어갈 용기가 없는 은애는 부엌 앞에서 서성거렸다.

"은애야! 왜 부엌문 앞에 서성거리고 있어? 들어가든지 아니면 여기 마루에 와서 앉든지 하렴."

"할머니! 언니들이 화가 많이 났어요."

"왜 언니들이 화가 났어?"

"아빠가 생일선물로 사 준 시계를 언니들이 봤거든요."

은애는 할머니에게 왼쪽 손목에 차고 있는 손목시계를 보여 드렸다.

"아이고! 아빠가 좋은 시계를 사 줬구나! 그래서 언니들이 화가 난 모양이구나."

은애는 시계를 보면서 고개를 끄떡였다.

"언니들이 차고 있는 시계는 새 시계가 아니라는 것을 알고 있지? 큰언니는 내가 차던 시계를 물려받았고 작은언니는 엄마 시계를 차고 있는데 아빠가 은애에게만 새 시계를 사 줬잖아. 당연히 언니들은 은애가 부러울 거야. 그러니 당분간 언니들이 쌀쌀맞게 대해도 네가 이해해야겠구나!"

"알겠어요."

은애는 할머니의 이야기를 듣고 나서 언니들의 마음을 이해할 수기 있었다. 같은 방을 쓰고 있어서 어색하고 불편해도 언니들의 마음이 풀릴 때까지 기다리기로 했다. 언니들의 마음은 한 달이 지나서야 풀렸다.

아카시아 향기

6

언니들과 한방을 쓴다는 것은

'청소년 여러분 밤이 깊었습니다. 가족이 기다리는 따뜻한 가정으로 돌아갈 시간입니다.'

오늘도 밤 10시가 되자 라디오에서 차분한 음악과 함께 여자 성우의 귀가를 종용하는 멘트가 흘러나오고 있다. 은애가 이 멘트를 듣는 것은 정말 드물었다. 은애는 초저녁잠이 많아서 그 전에 잠자리에 들었다. 그러나 언니들은 늦은 밤까지 라디오를 듣거나 둘이서 수다를 떨면서 잠을 자지 않았다. 밤에도 불을 환하게 켜 놓고 있어서 은애는 이불을 뒤집어쓰고 잠을 잤다. 언니들 사이에 은애가 자는 것이 불편했던지 아랫목에서 자던 작은언니가 잠자리를 바꿔 줬다.

"아이고! 시끄러워 잠을 못 자겠다."

은애가 벌떡 일어나서 냅다 소리를 질렀다.

"웬일이야! 자면 업어 가도 모르는 네가 잠을 깨다니!"

"언니들 떠드는 소리가 너무 크잖아! 제발 잠 좀 자자."

"누가 자지 말라고 했어? 얼른 자."

"라디오 소리도 너무 커. 좀 줄여."

"이게 최대한 낮춘 볼륨이야. 이 정도는 되어야 라디오를 듣는 맛이 난
다고."

"시험 기간에 공부는 안 하고 잘들 한다. 이런 날에도 라디오를 듣냐?"

"그러는 너는 공부 안 하고 일찍 자니?"

"내 공부는 내가 알아서 해. 언제 내가 밤에 공부하는 것 봤어? 난 일찍
자고 새벽에 일어나서 공부하잖아."

다른 날에는 그냥 넘어갈 것도 시험 기간이 되면 예민해진 은애도 안
졌다.

"은애야! 미안한데 오늘만큼은 네가 이해해 주면 안 되겠니?"

"왜?"

"반 친구들이 〈이종환의 밤의 디스크쇼〉에 단체로 엽서를 보냈는데 그
엽서를 읽어 준다고 해서 지금 기다리고 있어."

"정말이야?"

"정말이지. 그래서 눈 빠지게 기다리고 있어."

"그래. 알았어. 오늘만 봐준다."

잠이 깬 은애도 라디오에 귀를 기울이고 있으니 〈이종환의 밤의 디스크
쇼〉의 시그널 방송이 나왔다. 곧이어 큰언니가 다니고 있는 학교와 반
그리고 친구들의 이름이 호명되었다. 은애와 언니들은 환호를 지르면서
손뼉을 쳤다. 방송으로 큰언니의 이름도 나왔기 때문이다.

"신기하다. 큰언니 이름도 나왔어."

"나도 얼떨떨해. 내일 학교 가면 난리 나겠다."

은애도 이날만큼은 〈이종환의 밤의 디스크쇼〉를 다 듣고 잠자리에 들

　　　　　　　　　　　　　　　아카시아 향기

었다. 자고 있을 시간에 깨어 있던 은애는 새벽에 일어나지 못하고 아침
까지 잠을 푹 잤다.

"이 녀석들 안 일어나나? 학교에 늦겠다."

할아버지가 쿵쾅거리며 마루를 가로질러 와서 깨우자 은애는 벌떡 일어
나서 시계를 봤다.

"앗! 큰일 났다. 오늘부터 시험인데 어쩌지. 밤늦게 자서 새벽에 못 일어
났다."

세수하고 교복을 허겁지겁 입고 있는 은애를 보고 작은언니가 말을 걸
었다.

"아침 안 먹고 그냥 가려고?"

"응. 새벽에 시험공부 해야 하는데 못 일어났어. 지금 가서 해야 해."

"배고프면 시험도 못 봐."

"괜찮아! 배고프면 생각이 더 잘 나던데."

가방을 들고 나가는 은애의 뒷모습을 보면서 큰언니와 작은언니도 잠
자리에서 일어났다. 은애는 아침밥을 준비하고 있는 엄마한테 갔다.

"엄마! 오늘은 아침 안 먹고 그냥 학교에 갈 거예요!"

"밥을 안 먹고 빈속으로 가면 배고파서 안 돼."

"괜찮아요. 오늘부터 시험인데 공부를 다 못 했어요."

"그래도 그냥 가면 안 되지. 아빠한테 태워다 주라고 할 테니깐 아침밥
먹고 가."

"아뇨. 지금 갈 거예요. 걸어가면서 외울 것도 있어요."

엄마는 부엌에서 나가는 은애에게 빵이라도 사 먹으라고 돈을 주셨다.

은애는 엄마한테 받은 돈을 교복 주머니에 넣고 빠른 걸음으로 학교를
향해서 걸어가기 시작했다. 한 손에는 가방을 들고 다른 손으로는 단어
장을 들고 외우면서.

　　　　　　　　　　　　　　　　　　　　　　　아카시아 향기

7

《제인에어》

　은애는 무료한 여름방학을 보내고 있다. 낮에는 테레비가 나오지 않아서 볼 수도 없다. 그렇다고 친구들과 만나서 놀기에는 날씨가 너무나 더웠다. 그나마 황토로 지은 한옥이라서 가만히 있으면 그런대로 더위를 참을 수 있어서 꼼짝도 하지 않고 있다. 오늘도 아침밥을 먹고 나서 뒹굴뒹굴하던 은애는 아빠가 사 준 《제인에어》가 생각이 났다. 은애는 책꽂이에 꽂혀 있는 《제인에어》를 빼서 마루에 널어놓은 이불 위에 올라갔다. 엄마는 여름이면 두꺼운 솜이불을 햇볕에 말리고 이불의 겉싸개를 빨아서 풀을 먹인 다음 다듬질해서 꿰맸다. 두꺼운 솜이불이 마루에 널려 있는 것은 뽀얀 겉싸개와 꿰매기 위해서인데 은애는 그중의 한 이불에 냉큼 올라갔다. 그리고 가지고 온 《제인에어》를 펼쳤다. 800페이지인 책은 생각보다 두꺼웠다. 빽빽하게 조그만 글자로 채워져 있는 《제인에어》를 보는 순간 '탁' 소리가 나게 책을 덮고 은애는 벌러덩 이불 위에 누웠다.

"더운데 이불 위에 올라가 있어? 얼른 내려와."

"아직은 괜찮아요."

"엄마는 아랫집 대모네에 다녀오마. 조금 있다가 널어놓은 이불들을 한

번씩 뒤집어라."

"알았어요. 다녀오세요."

　은애는 엄마에게 대답하고 누운 채로 하늘을 올려다보았다. 구름 한 점 없이 맑았다. 엄마의 말대로 이불 빨래하기에는 더할 나위 없이 좋은 날씨였다. 점차 강한 햇볕이 얼굴을 비추자 은애는 일어나서 앉았다. 마루 위에서 내려다보니 뜰팡에 고추잠자리가 날아다니고 있었다. 은애는 이불들을 뒤집으려고 일어났다가 옆에 놓여 있는 《제인에어》를 보고 다시 집어 들었다. '최소한 앞장이라도 읽자.'라는 마음으로 책을 폈다

　'도저히 산책은 할 수 없는 날씨다. 아침에는 한 시간 숲속을 거닐었
　으나, 점심을 먹고 난 뒤에는…'

　첫 문장을 읽자 은애는 머리에 강한 자극이 왔다가 사라지는 것을 느꼈다. 좀 더 정확히 말하자면 머리보다는 가슴에 뭔가가 확 꽂혔다. 지금까지 읽었던 책과는 달리 《제인에어》는 온몸의 신경을 한곳으로 집중하게 하였다. 책을 넘길 때마다 다음 페이지에는 어떤 내용이 있을까 궁금해서 조바심까지 났다. 아침을 먹고 나서 《제인에어》를 읽던 은애는 해가 중천에 떠서 강한 햇볕이 내리쬐는 정오까지 이불 위에서 읽었다. 덥다는 생각이 들긴 했지만 금방 잊어버리고 다시 책에 흠뻑 빠졌다.

"아니 이게 뭔 일이래? 이렇게 햇볕이 뜨거운데 솜이불 위에서 여태까지 앉아 있었던 거야?"

엄마는 은애의 등짝을 '철썩' 때리셨다.

"엄마. 놀랐잖아요."

"말로만 하기에는 너무 어이없어서 그랬다. 그늘에 앉아 있어도 더워서 난리인데 제일 더운 한낮에 솜이불 위에 앉아 있는 게 제정신이야?"

"엄마! 정신 말짱하니 걱정하지 마세요."

"아까 이불 뒤집으라고 했는데 뒤집었니?"

"참! 깜빡했어요. 지금 할게요."

"됐어. 엄마가 하마. 이불 위에서 내려오기나 해. 얼굴에 땀 나는 것 봐! 얼른 가서 세수하고 와."

은애는 얼굴에 난 땀을 손으로 훔치면서 세수하러 갔다. 은애가 읽던 《제인에어》를 이불에서 치워 놓으며 엄마는 이불들을 뒤집기 시작했다.

은애는 꼬박 3일에 걸쳐서 《제인에어》를 읽었다. 모르는 단어들은 엄마나 언니들한테 물어보면 되는데 일일이 백과사전을 찾아보면서 읽었다. 은애에게 《제인에어》는 7살 때 세호 오빠네로 이사 갈 때 굴다리 안으로 들어가던 느낌과 같다는 생각이 들었다. 이후로 은애는 수시로 《제인에어》를 읽고 주인공인 제인에어의 성격을 닮고자 노력했다. 친구들과 어울려서 노는 것을 좋아하던 은애지만 혼자만의 시간도 갖게 되었다.

8

전화를 놓다

　오늘 전화를 놓았다.

　까만 색깔의 전화기다.

숫자가 적혀 있는 곳에 손가락을 넣어서 다이얼을 돌리면 전화가 걸렸다. 전화기는 할머니와 할아버지가 있는 안방에 놓았다. 전화하려면 이장네 가서 전화했는데 이제는 그럴 필요가 없게 되었다.

"애비야! 서울에 사는 큰누나한테 한번 해 봐라."

"알았어요."

아빠가 손가락으로 다이얼을 돌리자 '따르릉따르릉' 몇 번 신호가 가더니 전화가 연결되었다. 아빠는 큰고모와 통화한 후 할아버지한테 수화기를 건넸다.

"큰누나가 바꿔 달라고 하네요."

"응. 나다. 우리도 이젠 전화기를 놓았다."

아빠한테 전화기를 받은 할아버지는 연신 큰 소리로 통화를 하셨다.

옆에 계시던 할머니도 할아버지에게 전화기를 받아서 고모와 통화하셨다.

"그렇게 큰소리로 하지 않아도 큰누나는 다 알아들어요."

"허허. 참 좋은 세상이구나."

통화를 끝낸 할머니와 할아버지는 '좋은 세상'이라는 말씀을 계속하셨다. 할머니는 틈만 나면 전화기를 닦으셨다. 반질반질 빛이 날 정도로.

그러나 문제는 할머니와 할아버지는 전화가 와도 못 받는 경우가 많았다. 언제나 안방에는 라디오나 테레비를 크게 틀어 놓았기 때문이다. 급한 일로 전화해도 통화가 안 되자 아빠는 안방에 있는 전화와 연결해서 사랑방에서도 전화를 받을 수 있게 했다. 그래서 전화가 오면 안방과 사랑방에서 동시에 전화벨이 울렸다. 어느 쪽이든지 전화를 받으면 통화를 할 수 있어서 편리했는데 이것이 문제가 되었다. 내가 전화하는 것을 다른 쪽에서도 들을 수 있었고 통화하고 있는데도 다이얼을 돌릴 때가 있었다.

"지금 통화하고 있잖아요."라고 큰 소리로 말을 하면 '툭' 소리 나게 전화기를 내려놓으셨다. 그래서 비밀 이야기나 중요한 것은 전화로 할 수가 없었다. 비밀보장이 안 되었기 때문이다.

"뭔 통화를 그렇게 길게 하냐? 얼른 끊어! 전화요금 많이 나오겠다."

"할아버지! 지금 중요한 이야기 하고 있는데 불쑥 들어와서 참견하시면 어떡해요?"

매번 이런 일이 생기자 할아버지를 포함해서 3명이 통화를 한다고 소문이 났다.

"할아버지! 안녕하세요."

어떤 친구들은 전화로 인사를 하기도 했다. 그러면 할아버지는 헛기침하면서 얼른 수화기를 내려놓으셨다.

"할아버지 잘 계시냐? 목소리는 들었지만 뵙지는 못했잖아, 우리 언제 인사드리러 은애네 집에 가자!"

친구들은 할아버지 이야기가 나오면 박장대소하였다. 할아버지는 전화 통화할 때 참견하는 것으로는 성에 안 차셨는지 전화기에다 커다랗게 글씨를 써 붙이셨다.

'용건만 간단히'

무명 편지!

봄 햇살이 아직은 쌀쌀하게 느껴지는 4월이다. 은애도 이젠 중학교 2학년이 되었다. 하루가 다르게 크는 은애의 키로 인해 접었던 교복의 안감을 늘려서 재봉을 다시 했다.

"은애는 자고 나면 키가 크는 것 같아. 은애는 좋겠다."

"작은언니가 그런 말을 하는 것을 보니 내가 부럽긴 한가 보네."

"그래. 부럽다. 나도 쫌만 더 크면 좋겠다."

토요일이라서 4교시 수업이 끝나고 집에 와서 엄마가 차려 준 점심을 먹으면서도 은애와 언니들은 연신 수다를 떨었다. 점심을 먹은 다음 은애는 뒤뜰로 가서 장독대 주변에 핀 꽃들을 보고 쪽문으로 나와서 감나무와 살구나무가 있는 곳으로 갔다. 감나무를 보니 국민학교 친구인 용숙이가 생각이 났다. 은애는 감나무들 사이에 있는 바위 위에 앉았다. 바위라고 하기에는 크지 않아도 돌멩이라고 하기에는 다소 컸다. 은애는 바위에 앉자 《제인에어》를 다시 읽어 나갔다. 시간이 갈수록 차가운 바위로 인해 한쪽 엉덩이를 번갈아들면서 책을 읽었다.

"은애야! 어디 있니?"

엄마가 부르는 소리에 은애는 읽던 책을 덮고 바위에서 일어났다. 앞마당으로 해서 들어가려던 은애는 우체통에 신문이 비스듬하게 꽂혀 있는 것을 보았다. 아빠한테 갖다주려고 꺼낸 신문 속에 편지가 끼어 있었다. 누구한테 온 것인지 살펴보니 편지 봉투에 자신의 이름이 쓰여 있는데 보낸 사람의 이름이 없었다. '누구한테서 왔지?' 아무 생각 없이 편지를 꺼낸 은애는 깜짝 놀랐다. 편지 봉투 안에는 편지와 사진이 함께 들어 있었다. 환하게 웃고 있는 사진 속의 주인공은 은애도 알고 있었다. 여학생 중에서 인기가 많은 남학생으로 작년에 같은 클럽활동 부서였던 아이였다. 은애는 얼른 편지를 주머니에 넣고 주위를 둘러보았다. 아무도 없는 것을 확인하고 신문을 가지고 사랑방으로 갔다.

"아빠! 들어오다가 신문이 있어서 가지고 왔어요. 그런데 엄마! 왜 불렀어요?"

"은철이 데리고 아빠랑 외할머니댁에 갈 건데 너도 갈래?"

"다음에 갈게요. 숙제가 많아요."

"알았어. 진아가 있어서 갈 줄 알았지."

"진아한테는 다음에 간다고 전해 주세요."

진아는 외사촌으로 같은 학교에 다니고 있는 동갑내기다. 외갓집에는 외할머니와 외삼촌, 외숙모 그리고 동갑내기인 진아와 밑으로 남동생 2명이 있다.

은애와 언니들은 엄마랑 아빠, 은철이가 외갓집에 가는 것을 배웅했다. 아빠의 자동차가 시야에서 사라지자 언니들은 재방송하는 연속극을 본다고 사랑방으로 들어가고 은애는 쪽문을 통해 바깥뜰로 나왔다. 다

아카시아 향기

시 바위에 걸터앉아서 주머니에 있는 편지를 꺼냈다. 편지에는 자신의 소개와 함께 친구가 되고 싶다는 내용과 주소가 적혀 있었다. 사진 속의 그 아이는 보이 스카우트 옷을 입고 멋지게 포즈를 취하고 있었다. 은애는 두근거리는 마음을 진정시키고자 눈을 감고 심호흡을 크게 하였다. 몇 번의 심호흡을 하고 나서 은애는 편지와 사진을 봉투 속에 넣었다. 그리고 결심한 듯 편지를 가지고 언니들이 있는 사랑방으로 향했다. 아무래도 언니들에게 조언을 구하는 것이 좋겠다고 생각을 했기 때문이다.

10

은애의 남자 친구

큰언니와 작은언니는 재방송하는 〈전원일기〉를 보고 있어서 은애가 들어와도 쳐다보지도 않았다. 그런 언니들 옆에 은애는 털썩 주저앉았다.

"무슨 여자애가 이렇게 방정맞게 앉냐? 너 무슨 고민 있지?"

"아니야! 고민은 무슨 고민."

"그럼 언니랑 나한테 무슨 할 말이라도 있냐?"

"사실은 할 말이 있긴 해."

"무슨 할 말?"

"아까 편지를 받았는데. 그게 말이지…."

"뭔데 이렇게 뜸을 들이냐! 혹시 연애편지라도 받은 것 아니야?"

"그런 비슷한 편지 받았어."

"뭐! 정말이야?"

테레비를 보고 있던 큰언니와 작은언니는 깜짝 놀라서 은애를 쳐다보았다.

"편지 어디 있어?"

"여기 있어."

큰언니와 작은언니는 은애가 내민 편지와 사진을 보았다.

"이 남학생 너무 잘생겼다. 엄마와 아빠는 아시니?"

"아직 몰라. 처음으로 언니들한테 보여 주는 거야."

"엄마와 아빠한테는 말할 거니?"

"솔직히 그것이 고민이야. 엄마와 아빠가 뭐라고 하실지 걱정도 되고."

"나라면 말을 안 할 거야. 혼내거나 잔소리하실 텐데."

"난 지금까지 엄마와 아빠한테 말하지 않고 숨긴 적이 없어."

"바보야! 그러니깐 네가 아직 어리다는 거야. 비밀이 생겼다는 것은 어린애에서 어른으로 가고 있다는 징조야."

"비밀로 했다가 나중에 아시면 실망하실 거야."

"작년에 큰언니가 남자 친구 사귄다고 혼난 것 생각 안 나니? 나도 집까지 남학생이 쫓아왔다고 혼났잖아! 너라고 별수 있겠니?"

"설사 혼나더라도 엄마와 아빠한테 말하는 것이 좋겠어."

"그럼 네 마음대로 해라."

은애는 작은언니가 먹고 있는 '새우깡'을 낚아채서 한 주먹 움켜쥐고 벌러덩 누웠다. 그리고 새우깡을 한 개씩 입에 가져가면서 먹었다. 테레비에서는 일용 엄마가 찐 감자를 맛나게 먹고 있었다.

외갓집에 간 엄마와 아빠, 은철이는 저녁때가 되어서 돌아왔다. 저녁밥을 먹고 은애는 사랑방으로 갔다.

"허허. 넙죽이가 이 시간에 웬일이지?"

"아까 아빠한테 신문을 가져다드릴 때 저는 이 편지 받았어요."

은애는 편지를 엄마와 아빠 앞에 내놓았다.

"허허허. 우리 넙죽이가 나 컸네. 남자 친구한테 편지도 받고."

"중학교 2학년밖에 안 되었는데 벌써 이런 편지를 받다니 놀랐다."

"놀라긴 뭘 놀라. 그만큼 우리 넙죽이가 인기가 있다는 거지."

"당신은 걱정도 안 돼요?"

"응."

"은애는 15살밖에 안 되었어요."

"15살이지만 넙죽이는 걱정이 안 돼."

"왜요? 요전에 은옥이랑 은희는 남자 친구 사귄다고 혼냈잖아요."

"은옥이랑 은희는 비밀로 해서 혼냈는데 넙죽이는 숨기지 않고 먼저 말을 하잖소."

"그럼 당신은 허락한다는 거예요?"

"물론이지. 난 넙죽이를 믿소."

"난 은애가 아직은 어리다는 생각이 들어요. 너는 어떻게 할 거니?"

"잘 모르겠어요. 사귄다는 소문이 나면 선생님께 혼나거나 친구들이 뒷담화할 거예요."

"소문이 나면 곤란할 것 같아서 걱정되지만 네가 어떤 결정을 내리든지 엄마도 네 의견을 존중하마."

"엄마와 아빠가 저를 믿어 줘서 고마워요. 이 문제는 좀 더 생각해 보고 결정을 내릴게요."

은애는 방문을 나서다가 귀를 쫑긋거리며 듣고 있던 큰언니, 작은언니와 맞닥뜨렸다.

"뭐야! 왜 너는 안 혼나냐?"

"은애는 미리 말을 해서 그런 것 같은데."

"엄마와 아빠는 언니와 나보다 은애를 더 믿어 주는 것 같아. 그리고 아

아카시아 향기

빠가 은애를 혼내는 것을 본 적이 없어."

"그건 내가 혼날 짓을 안 하잖아!"

엄마와 아빠를 포함하여 큰언니와 작은언니는 은애가 어떤 결정을 내릴지 궁금하지만 지켜보기로 하였다.

11

소나무 숲

　중학교와 고등학교는 모두 남녀공학인데 남학생과 여학생이 각 4개 반씩 8개 반으로 이루어져 있다. 학교당 24개 학급인 중학교와 고등학교는 같은 재단이므로 한 울타리에 있다. 교문에서 오른쪽으로 들어가면 중학교이고, 왼쪽으로 가면 고등학교이다. 중학교와 고등학교 사이에는 울타리 대신 커다란 운동장이 있다. 학교의 중요한 행사는 이 운동장에 모여서 하지만 평상시에는 고등학교에서 사용했다. 중학교는 앞 잔디운동장을 사용하였는데 크지는 않아도 계절마다 화단에는 다양한 꽃들이 피어서 예뻤다. 특히 봄이면 보라색의 등꽃으로 온통 뒤덮이는 벤치는 '보라의 천국'으로 불리며 학생들에게 인기가 많았다. 잔디운동장 주변에는 포플러나무들이 시원한 그늘을 마련해 주고 있어서 친구들과의 수다 떠는 장소로도 좋았다. 그래서인지 고등학생들도 점심시간이나 하교 시간이 되면 중학교 잔디운동장에서 운동하거나 정원 벤치에서 수다를 떨었다.

　고등학교는 중학교처럼 아기자기한 정원은 없어도 소나무 숲으로 둘러싸여 있다. 소나무 숲 한가운데에 학교가 있는 것이다. 소나무 숲은

　　　　　　　　　　　　　　아카시아 향기

'마음을 정화'하는 곳으로 학생들에게 인기가 많지만 봄만은 예외였다. 소나무로부터 송홧가루가 날려서 벤치에 앉았다가 일어나면 교복에 노란 가루가 묻어났기 때문이다. 그러나 싱숭생숭한 봄이 지나면 학생들의 담화 장소로나 문학 수업을 듣는 장소로 소나무 숲은 다시 인기가 있다고 언니들이 알려 줬다. 체육대회나 행사가 있는 날에는 큰 운동장에서 열리므로 소나무 숲에 가는 것은 어렵지 않으나 이런 날에 소나무 숲은 만원이라서 너무 시끄러웠다.

은애는 평일에 소나무 숲에 가 보고 싶어도 넓은 운동장을 가로질러 갈 용기가 없어서 아직 못 갔다. 그래서 소나무 숲을 바라보기만 했는데 교실이 2층으로 바뀌면서 소나무 숲에 꼭 가기로 마음을 먹었다. 한결 높아진 곳에서 바라보는 소나무 숲은 더 근사하게 보였다. 은애의 눈에 소나무 숲이 들어온 날부터 틈만 나면 복도에 나가서 숲을 바라보는 횟수도 늘어났다.

"은애야! 너 또 고등학교 바라보고 있냐?"

"정확하게 말하면 고등학교가 아니라 소나무 숲이라고."

"소나무 숲이 좋으면 가 보면 되잖아."

"나도 아는데 운동장을 가로질러서 갈 용기가 안 나 . 그러다가 숲에 가서 고등학생들을 만나면 어떻게 하냐?"

"그러게. 고등학생들은 마음대로 우리 학교의 벤치에 앉거나 잔디운동장에서 운동도 하는데 우리는 소나무 숲에 가는 것이 힘들다."

"고등학생들을 보면 괜히 기가 죽어서 우리가 안 가는 거잖아."

"너는 고등학생인 언니들이 2명빅이니 있는데도 그러냐?"

"그런 것과는 상관이 없는 것 같아. 조만간 소나무 숲에 가 볼 건데 너도 함께 갈 거지?"

"당연하지. 우린 바늘과 실이잖아!"

　　은애와 현정이가 소나무 숲에 가게 된 것은 그로부터 2주 후에 기회가 왔다. 고등학교가 봄 소풍 갔기 때문이다. 엄마는 언니들은 물론이고 은애와 은철이도 김밥으로 도시락을 싸 주셨다. 은애는 점심시간에 현정이와 소나무 숲에 가서 먹으려고 학교 앞 상회에서 사이다도 한 병 샀다. 4교시 끝나는 종이 울리자 은애와 현정이는 도시락이 들어 있는 보조 가방을 메고 운동장을 가로질러 소나무 숲에 들어갔다.

"와아! 솔잎 향 너무 좋다. 더 깊숙한 곳으로 가서 앉자."

"정말 머리가 상쾌하다."

"언니들이 소풍 가서 김밥 싸 왔어."

"나도 싸 왔어. 우리 오빠도 소풍 갔잖아."

"그렇지! 우리 작은언니랑 같은 학년이지. 아침에 상회에 들러서 사이다도 사 왔다. 병따개도 집에서 가지고 왔지."

"호호. 김밥이면 사이다지."

　　은애와 현정이는 김밥과 사이다를 먹고 나서 벤치에 나란히 누웠다. 머리를 맞대고 눕자 벤치의 길이가 짧아서 다리가 허공으로 '붕' 떴다. 다리를 가지런히 모으고 교복 치마의 양쪽을 접어서 허벅지 위에 올려 놓았다. 문득 위를 올려다보니 파란 하늘과 하얀 구름이 초록색의 솔잎과 어우러져서 멋졌다. 소나무 가지 사이에는 까맣고 동그란 솔방울들이 방울방울 달려 있었다. 예전에 남학생들이 구슬치기하던 구슬과 닮았다고 생각하면서 은애는 하늘의 여기저기를 탐색하듯이 쳐다봤다. 조용한 소나무 숲에는 새들이 지저귀는 소리와 바람이 지나가는 소리만이 존재했다. 국민학교 때 봄 소풍 가서 수원지에서 본 벚꽃이 생각났다. 그때도 친구들과 누워서 하늘을 바라봤던 기억이 새록새록 났다. 은애는 눈을 감고 그 친구들의 얼굴을 떠올렸다. 어느새 스르르 잠이 든 은애와 현정이는 종소리를 어렴풋이 듣고 벌떡 일어났다. 아빠가 사 준 시계로 시간을 확인한 후 은애와 현정이는 보조 가방을 손에 들고 뛰기 시작했다. 5분 안으로 교실에 들어가야 했기 때문이다.

자전거와 그 아이

　은애는 자전거를 타고 동네를 한 바퀴 돌고 있다. 언니들은 일요일이라서 늦잠을 자고 있다. 은애도 일요일만큼은 잠자리에서 '뒹굴뒹굴' 게으름 피우는 것을 좋아하는데 오늘은 동이 트면서 눈이 번쩍 떠졌다. 은애는 벽에 걸린 시계를 보고 다시 눈을 감았다가 일어나서 주섬주섬 옷을 입었다. 바깥마당으로 나가니 은철이의 자전거가 보였다. 국민학교 6학년 때 자전거를 배우고 난 뒤 자전거를 탄 적이 거의 없지만 은애는 자전거의 핸들과 브레이크를 잡고 천천히 언덕길을 내려갔다. 은애는 대모네에 도착해서야 조심스럽게 자전거를 탔다. 처음엔 자전거를 타자마자 자꾸 한쪽으로 쓰러졌다. 여러 번 반복한 후에야 자전거가 앞으로 나갔다.

"안녕하세요!"

"은애가 부지런하구나."

동네 사람들도 반갑게 은애의 인사를 받아 주었다. 이날 이후로 은애는 자주 자전거를 탔는데 문제는 집으로 가려면 자전거를 끌고 비탈진 길을 올라가야 했다. 그래서 은애는 은철이와 협상을 했다. 은애가 자전거를 끌고 올 때 은철이가 도와주면 초코파이를 한 개씩 주기로 하였다.

　　　　　　　　　　　　　　　　　　　아카시아 향기

은애는 미자와 '쭈쭈바'를 빨면서 어제 자전거로 동네 한 바퀴 돈 것에 이야기하면서 걸어가고 있는데 트럭이 '빵빵' 클랙슨을 울리며 지나갔다. 비포장도로를 큰 트럭이 지나가자 먼지가 뽀얗게 일어났다. 이윽고 마을 어귀에 들어서자 쉬었다 가려고 걸음을 멈추고 뒤를 돌아보니 저만치 자전거를 탄 2명의 남학생이 보였다. 이후로 자전거를 탄 남학생들이 멀리서 자주 목격되었는데 얼마 지나지 않아서 그 정체가 드러났다. 토요일이라서 은애는 언니들과 함께 집으로 가고 있는데 자전거를 탄 남학생이 마을 어귀에서 기다리고 있었다. 언니들과 함께 오던 은애는 그 남학생을 보고 깜짝 놀랐다. 바로 그 아이였기 때문이다. 사진을 본 언니들도 그 아이를 단번에 알아봤다.

"안녕하세요. 이서준입니다."

"요전에 우리 은애한테 편지를 보내었지?"

"맞습니다."

"그런데 여긴 웬일이지?"

"은애하고 이야기하고 싶어서요. 토요일에는 은애가 누님들하고 집에 가는 것을 알고 있어요. 그래서 누님들께 허락받고 은애를 만나려고 왔습니다."

"지금 여기서?"

"여긴 오고 가는 사람들이 많아서 곤란할 것 같습니다. 내일 여기에서 10시에 만났으면 합니다. 은애도 자전거를 탈 줄 아니깐 자전거로 하이킹하려고 합니다."

"은애 너는 어떻게 생각해?"

"나도 직접 만나서 이야기하는 것이 좋을 것 같아."

"그럼 안전하게 다녀온다고 약속할 수 있겠니?"

"그건 염려하지 마세요."

"좋아! 그럼 믿어 보지."

"감사합니다. 은애야! 내일 여기에서 10시에 만나자."

서준이는 허리를 굽혀서 인사를 하고 자전거를 타고 오던 길로 사라졌다. 어찌나 빨리 달리는지 자전거 바퀴가 안 보일 정도였다.

"엄마와 아빠한테는 이야기할 거야?"

"당연하지. 난 엄마랑 아빠한테 비밀로 하지 않아."

은애가 집에 돌아와서 엄마와 아빠한테 말씀드리자 안전하게 다녀온다는 조건에서 승낙하셨다.

13

첫 자전거 하이킹

오늘은 서준이와 하이킹을 하는 날이다. 언니들도 은애의 옷을 코디해 준다고 난리가 났다.

"은애야! 이 옷이 어떨까? 너한테 잘 어울려."

"이 옷을 입고 자전거를 타면 불편할 것 같아."

"그럼 이 옷은 어때?"

"난 편한 옷이 좋아. 자전거 탈 때 불편하면 안 되잖아. 그냥 흰색 티셔 츠에 청바지 입을 거야. 머리는 바람에 날릴 수 있으니깐 핀을 꽂으면 되고."

은애는 거울을 보면서 핀을 꽂고 옷매무새를 확인했다.

"안전이 중요하니깐 무리하게 자전거를 타면 안 된다."

은애는 엄마와 언니들의 배웅을 받으면서 자전거를 타고 약속 장소로 갔다. 서준이는 미리 나와서 기다리고 있었다.

"언제 나왔어?"

"방금 왔어."

"어디로 갈 거야?"

"가끔가다 가는 계곡이 있는데 거기 가면 어떨까?"

"여기에서 멀어?"

"자전거로 1시간 30분 정도 걸려."

"좋아! 그 계곡으로 가자."

"내가 먼저 갈 테니깐 조심해서 따라와."

　은애와 서준이는 자전거를 타고 계곡을 향해 출발했다. 길이 비포장이라서 돌멩이가 많이 널브러져 있었다. 어떤 경우에는 재빨리 핸들을 돌려서 돌멩이를 피해야만 했다. 그렇지 않으면 자전거를 멈추었다가 다시 출발했다. 자전거를 타고 가는 은애와 서준이 머리 위로 산들바람이 기분 좋게 불었다. 앞서가던 서준이는 자전거 속도를 조절하면서 은애가 잘 따라오는지 확인했다. 이윽고 내리막길이 나오자 은애는 서준이의 신호에 따라 자전거의 브레이크를 잡으면서 천천히 내려갔다. 먼저 도착한 서준이는 은애의 자전거를 잡아 주면서 환하게 웃었다.

"조은애! 자전거 잘 타는구나!"

"이 정도는 탈 줄 알지."

서준이는 자전거를 끌고 성큼성큼 앞으로 갔다. 은애도 자전거를 끌고 서준이를 따라갔다. 마을 사람들이 단체로 왔는지 노인분들은 그늘에 앉아서 부채질하고 있었고 아이들은 물장구를 치면서 신나게 놀고 있었다. 아저씨들은 커다란 솥을 걸어놓고 열심히 불을 피우고 있었고 아줌마들은 음식 준비로 바쁘게 움직이고 있었다. 앞서가던 서준이는 나무 그늘이 있는 평평한 바위가 있는 곳에서 자전거를 멈췄다.

"여기야. 난 가끔가다 여기에 와."

"혼자서?"

　　　　　　　　아카시아 향기

"응. 그런데 이번에는 너랑 함께 오고 싶더라. 너한테 이런 곳도 있다는 것을 보여 주고 싶었어."

"고마워. 이런 멋진 곳으로 데리고 와 줘서."

"난 네가 싫어할까 봐 걱정했는데 좋아해서 다행이다. 잠깐만 기다려 봐."

서준이는 준비해 온 돗자리를 바위에 깔고 주먹밥과 사이다를 펼쳐 놓았다.

"계곡 보면 한 폭의 산수화가 따로 없지."

"응. 경치가 정말 멋지다."

"네가 좋아할 줄 알았어. 그리고 이 주먹밥 먹어 봐. 우리 엄마는 주먹밥을 맛있게 잘 싸시거든."

"정말 맛있다. 모양도 이쁘고 맛도 좋아."

은애와 서준이는 주먹밥과 사이다를 맛있게 먹고 나서 계곡을 천천히 걸었다.

"내 편지 받고 어땠어?"

"처음엔 당황했어. 나한테 남자 친구가 생기리라고는 생각해 본 적이 없었거든.

"편지에서 친구로 사귀자고 했을 때, 생각해 본다고 했는데 결정했어?"

"응."

"어떤 결정을 내렸어?"

"그전에 궁금한 것이 있어."

"무엇이든 물어봐!"

"너하고 사귀고 싶어 하는 여학생블노 낳은네 왜 나하꼬 친구가 되고 싶이?"

"누가 그래?"

"우리 여학생들 사이에 소문이 다 났어. 잘생기고 공부도 잘하고 기타도 잘 친다고."

"하하하. 다른 것은 몰라도 기타는 내가 조금 치긴 하지."

"그런데 왜 나야?"

"난 작년에 밴드부원이 되고 싶었는데 1학년은 안 된다고 해서 홧김에 미술부에 들어갔었어. 미술부는 아무도 지원을 안 해서 자리가 남아 있었거든. 미술부는 클럽활동 시간 외에 아침과 저녁으로 미술실에 와서 그림을 그려야 한다고 해서 나가려고 하는데 네가 보였어. 체육 시간에 달리기와 배구를 잘해서 얼굴은 알고 있었거든. 그런 네가 체육부로 안 가고 미술부로 온 것이 궁금하기도 하고 어차피 들어왔으니 그냥 남기로 했어. 그런데 넌 아이들이 아무리 웃고 떠들어도 아랑곳하지 않고 그림만 그리더라. 너를 보면서 '참 재미없는 아이구나.'라는 생각이 들었어. 그런 너한테 관심을 가지게 되는 일이 생겼어."

"그게 뭔데?"

"작년 미술 전시회 생각나?"

"물론이지. 두 개의 작품을 제출하되 한 개는 본인이 살고 싶은 집을 그려서 내라고 했지."

"응. 맞아. 아이들은 본인이 살고 싶은 집을 최대한 크고 근사하게 그려서 냈어. 물론 나도 그랬어. 그런데 너는《제인에어》에 나오는 로체스타 씨가 사는 집을 그렸다고 하면서 집을 중심으로 아름다운 정원을 그렸더라. 네가 그린 집을 보면 볼수록 이상하게 마음이 따뜻해지고 훈훈해졌어. 저런 집에서 살면 행복할 것이라는 생각이 들면서 멋진 그림을 그린 너에 대하여 알고 싶다는 마음이 들기 시작했어. 그러니깐 너를 볼 수 있는 미술실에 가는 것이 즐겁고 기다려졌어. 그러나 2학년이 되면서 나는 밴드부로 들어가고 너는 독서부로 가면서 너를 볼 수가 없게 되었어. 그래서 이렇게 용기를 내게 된 거야. 그럼 이제 어떤 결정을 내렸는지 말해 줘."

"부모님께 말씀을 드렸더니 공부를 게을리하지 않는다는 조건이 있긴 하지만 반대를 안 하셨어."

"정말 잘됐다. 앞으로 지금처럼 하이킹하거나 좋은 책 있으면 서로 교환해서 읽으면 어때?"

"좋아. 그렇게 하자."

은애와 서준이는 좋은 친구로 지내기로 약속했다. 집으로 돌아갈 때는 서준이가 은애를 마을 어귀까지 바래다주고 갔다. 은애는 현정이와 미자에게 서준이와 사귀게 된 것을 알려 주었다. 두 사람은 놀라움과 아울러 폭발적인 지지를 했다.

14

소풍

　가을 소풍이다.

학년별로 가을 소풍 가는데 2학년은 남연군묘로 가게 되었다. 은애는 보조 가방에 김밥과 얼린 보리차, 삶은 밤을 넣고 집을 나섰다. 반장을 선두로 반별로 걸어가는데 반에는 커다란 카세트가 있어서 노래를 따라 부르며 갔다. 카세트를 가져온 사람에겐 본인이 듣고 싶은 노래를 틀 수 있는 우선권이 주어졌다. 반에 따라서 어떤 반은 팝송을 틀었고 어떤 반은 대학가요제에 나온 노래를 틀었다. 파란 하늘에 코스모스가 살랑살랑 움직이는 가을날의 소풍이었다.

　이윽고 1시간 걸어서 남연군묘에 도착했다. 출석을 확인하고 반별로 장기자랑을 했다. 대부분 노래하는 사람이 많았는데 카세트를 틀고 유행하는 춤을 추는 사람도 있었다. 그러나 뭐니 뭐니 해도 하이라이트는 카세트를 틀어 놓고 반별로 춤을 추는 시간이었다. 반마다 선곡한 음악은 달라도 춤은 거의 똑같았다. 끼가 있는 남학생이라면 여학생반에 와서 춤을 추고 가기도 했다. 한바탕 신나게 놀고 나니 바로 점심시간이 되었다.

"현정아! 저기로 가서 먹을까?"

"웅. 좋아!

은애와 현정이는 따가운 햇볕을 피해서 그늘을 찾아서 앉았다.

"너 춤 많이 늘었더라."

"정말?"

"그래. 잘 춰서 좋겠다. 난 예능에는 소질이 없나 봐."

"너는 다른 것을 잘하잖아. 다 잘하면 불공평하잖아. 이것 먹어 봐. 엄마가 감을 우렸는데 달고 맛있어."

"정말 맛있다. 난 삶은 밤을 가지고 왔어."

은애와 현정이가 후식으로 감과 밤을 먹으면서 수다를 떨고 있을 때 서준이가 친구인 윤수와 왔다.

"맛있게 먹었어?"

"웅. 너는?"

"나도. 자아 이것 먹어."

서준이는 2개의 초코파이와 요구르트를 은애에게 주고 무심하게 지나갔다. 다른 아이들이 눈치채지 못하도록.

"이서준 멋지다. 너를 진짜 많이 좋아하는 것 같다."

"어떻게 알아?"

"보면 알 수 있어."

은애와 현정이는 서준이가 준 초코파이와 요구르트를 먹으면서도 연신 수다를 떨었다.

오후 2시가 되자 모이라는 호루라기 소리가 나서 은애와 현정이는 교복 지마에 묻은 먼지를 딜고 반별로 모이는 곳으로 갔다. 이윽고 반을 대표해서 장기자랑을 할 친구들이 앞으로 나갔다. 은애의 반에서는 춤을 잘 추는 예슬이라는 친구가 나갔다. 순서를 정하려고 '가위바위보' 하는 사람들 속에 서준이도 있었다. 현정이도 봤는지 은애의 옆구리를 '쿡' 찔렀다. 은애와 현정이는 서로 얼굴을 보면서 웃었다. 차례대로 장기자랑을 하던 중에 서준이의 차례가 되었다. 앞으로 나간 서준이는 마이크를 잡고 자신을 소개했다.

"안녕하세요! 저는 2학년 6반 이서준입니다. 제가 부를 노래는 〈그건 너〉입니다. 제가 노래를 부르는 것도 바로 '너' 때문입니다."라는 말과 함께 앞을 가리키자 난리가 났다. 곧이어 서준이가 기타를 연주하자 장내는 조용해졌다. 서준이는 담담하게 기타를 치면서 차분한 목소리로 노래를 불렀다. 은애는 기타를 치면서 노래를 부르고 있는 서준이를 보자 가슴에서 울컥하고 무언가가 올라왔다. 서준이의 노래가 끝나도 가슴은 방망이질하는 것처럼 두근거렸다.

"어떻게 이렇게 넋이 나가냐?"

"아니거든. 누가 그래."

"자꾸 거짓말하면 이서준의 여자 친구가 조은애라고 아이들한테 말한다."

"조용히 해. 그러다가 아이들이 듣겠어."

"왜 아이들이 들을까 봐 겁나니?"

"아이들이 알면 엄청 시끄러운 일이 생길 거야."

"그렇긴 할 거야. 암튼 서준이가 저런 대담한 면이 있는 줄 몰랐다."

소풍 이후로 여학생들 사이에는 서준이에게 여자 친구가 있을 것이라는 소문이 돌았다. 동급생인 2학년 중에 있다는 말도 있고 1학년 후배라는 소문도 돌았다.

아카시아 향기

15

이서준의 여자 친구란?

　한동안 은애는 서준이와 만나는 것을 자제했다. 소풍에서 노래를 부른 이후로 서준이의 인기는 하늘을 찔렀다. 체육 시간에 서준이가 운동하고 있으면 여학생반은 창문을 닫고 수업할 정도였다.

"애들아! 깜짝 놀랄 뉴스가 있어. 이서준 여자 친구가 우리 반에 있다는 말이 있어."

"반장! 그런 말을 들어도 이젠 놀랍지 않아. 매번 아니었잖아?"

"아니야. 이번에는 진짜야."

"누가 그래? 이서준이 그랬어?"

"이서준과 친한 친구가 그랬대."

"이서준과 친한 친구가 누군데?"

"내가 그 친구 이름을 어떻게 알아. 왜, 현정이 너도 이서준을 좋아하니?"

"어이없다. 난 아무리 인기가 있어도 여자 친구 있는 남학생은 관심이 없어."

"뭐라고! 이서준한테 여자 친구가 있다고?"

"방금 반장이 말했잖아. 이서준한테 여자 친구가 있다고 말이야."

"그랬나. 암튼 이서준의 여자 친구는 좋겠다. 잘생기고, 공부도 잘하고,

운동도 잘하는데 노래까지 잘할 줄 누가 알았겠어."

반장은 혼잣말하면서 교실을 나갔다. 은애와 현정이는 서로 얼굴을 보고 놀란 가슴을 진정시켰다.

소풍에 이어서 가을 축제가 바로 있어서 서준이는 여전히 바빴다. 수업 시간을 제외하고 나머지 시간은 음악실에 가서 연습했다. 은애는 언제나처럼 학교와 집을 오고 갔다.

"은애야! 요즘 서준이 잘 만나고 있니?"

"어떻게 만나? 서준이가 너무 바쁘잖아."

"그래도 괜찮아?"

"무슨 뜻이야?"

"서준이를 안 만나도 괜찮아? 워낙 서준이가 인기가 많잖아!"

"난 서준이 믿어. 만약 맘이 변해서 다른 친구를 사귀어도 할 수 없지."

"너 배짱 한번 좋다."

"배짱이 아니라 믿음이지."

"그런 마음이라면 됐어. 난 네가 신경 쓸까 봐 걱정되었는데 다행이다."

"고마워. 이런 것까지 신경 써 줘서."

은애는 웃으면서 현정이와 작별을 했다. 그리고 옆 반인 미자와 만나서 집을 향해서 걸어갔다.

"이서준이 많이 바쁘긴 한가 보다. 요즘은 자전거 타고 따라오질 않네."

"아마 축제 준비 때문에 그럴 거야."

"밴드부라서 축제에서 연주하겠네."

"응. 연주하고 노래도 부른다고 했어."

"또 아이들 난리 나겠다."

"아마도 그렇겠지."

"넌 남 이야기하듯이 하냐?"

"그럼 어떻게 말해야 하는데?"

"너는 이서준 여자 친구잖아. 불안하지 않아?"

"만약 다른 친구를 사귄다면 나한테 말을 했을 텐데 아직 그런 말은 못 들었어."

"너 긴장 좀 하라고 아이들한테 다 말을 할까 보다. 이서준의 여자 친구가 조은애라고."

"그럼 너하고 바로 절교야."

"알았어. 설마 내가 그런 말을 하겠니?"

"나도 알아. 비밀 지켜 줘서 고마워."

은애는 현정이에 이어서 미자한테 이런 말을 들으니 마음이 불편해졌다. 한없이 자신이 초라하고 보잘것없는 존재인 것같이 느껴졌다.

갈래 길에서 미자와 헤어져서 오르막길을 오르는데 발걸음도 무겁고 집이 언덕에 있는 것도 짜증이 났다. 한 걸음씩 무겁게 걸어서 겨우 바깥마당에 도착했다.

"땅에 돈이라도 떨어졌어?"

익숙한 목소리가 들려서 고개를 들어 보니 서준이가 앞에 서 있었다.

"이 시간에 여긴 웬일이야?"

"네가 보고 싶어서 왔지!"

"언제 왔어!"

"좀 전에 왔어. 이렇게 하지 않으면 너를 볼 수가 없을 것 같아서."

"오늘은 연습 안 해?"

"당연히 오늘도 연습하지!"

"그런데 어떻게 왔어?"

"집에 제사가 있어서 가 봐야 한다고 했어."

"그럼 집에 가 봐야 하는 것 아니야?"

"안 가도 돼. 이렇게 하지 않으면 너를 볼 수가 없어서 거짓말을 했어."

"바쁘지?"

"응. 소풍을 갔다 오자마자 바로 연습해서 바빠. 그런데 왜 만나자고 해도 거절했어?"

"그건 너한테 방해될까 봐 걱정도 되고, 또… 음…."

"내 여자 친구인 것이 밝혀질까 봐 걱정돼?"

"응."

"왜?"

"너는 학교에서 인기가 많잖아. 아이들이 네 여자 친구 찾는다고 난리야."

"난 네가 내 여자 친구라고 자랑하고 싶은데 꾹 참고 있어."

"내가 네 여자 친구라는 것이 밝혀진다면 나는 학교에 다닐 수도 없을 거야. 너를 좋아하는 아이들이 생각보다 많아. 저번에는 클럽활동 시간에 1학년인 후배가 너에 대해서 말하더라. 1학년 중에서도 너를 좋아하는 아이들이 많다고."

"하하하. 인기 있는 남자 친구를 둔 소감이 궁금한데?"

"나도 좋아. 소풍 때 노래 잘 부르더라. 기타만 잘 치는 줄 알았는데 노래도 잘하던데."

"너한테 칭찬을 들으니깐 정말 기분 좋다. 그래서 내가 너를 보려고 왔나 봐."

은애와 서준이가 이야기하고 있을 때, '부르릉' 하더니 자동차가 바깥마당에 도착했다.

"아빠! 다녀오셨어요."

"안녕하세요!"

"오냐. 네가 이서준이구나. 반갑다. 우리 은애 남자 친구가 잘생겼구나!"

"감사합니다."

"그런데 이 시간에 어쩐 일이냐?"

"요즘 연습 때문에 은애를 만나지 못해서 잠깐 만나러 왔어요."

"이왕 왔으니 괜찮다면 저녁 먹고 가지."

"정말 그래도 되겠습니까? 저는 좋습니다."

"물론 되고말고. 은애야! 어서 안으로 안내해라."

저녁 식사 후에는 과일을 먹으면서 이야기를 나누었는데 큰언니와 작은언니는 서준이한테 궁금한 것이 많은지 이것저것 물어보았다. 언니들은 고등학교까지 소문난 것이 서준이인 것을 알고 놀라워했다. 그리고 이번 축제에 서준이가 밴드부원으로 참여한다는 것도 알게 되었다.

"어떤 노래를 부르는데?"

"〈나 어떡해〉와 〈개구쟁이〉요."

"어머나! 그 노래들은 언니와 나도 좋아해서 즐겨 듣고 있는 노래야. 은애 남자 친구가 기타리스트 겸 보컬이라고 친구들한테 자랑해야겠다."

"안 돼! 말하지 마! 서준이가 내 남자 친구인 것이 알려지면 나는 학교 다니기 힘들 거야. 그렇지 않아도 서준이의 여자 친구를 찾는다고 난리들인데 말하면 안 된다고."

"그럼 다른 아이들은 몰라?"

"당연하지! 현정이와 미자만 알고 있어. 그러니깐 언니들도 비밀을 지켜주었으면 좋겠어."

"알았어. 그렇게 할게."

서준이는 은애네 집에서 저녁 식사 후 이런저런 이야기를 나누다가 돌아갔다. 바깥마당에서 자전거를 타고 가는 서준이의 뒷모습을 은애는 눈으로 배웅했다. 서준이의 모습이 보이지 않을 때까지.

16

축제의 날

    드디어 가을 축제 날이 되었다. 가을 축제는 중고등학교가 합동해서 여는데 미술 전시회나 시화전도 열렸다. 고등학교의 넓은 운동장에는 다양한 먹거리가 있어서 군것질도 할 수가 있었다. 은애는 현정이와 떡볶이를 사서 소나무 숲으로 들어갔다. 소나무 숲에는 이미 학생들로 만원이었다.

"이번 축제에도 서준이가 노래를 부른다고?"

"응. 2곡."

"이서준 같은 멋진 남자 친구가 있어서 좋겠다. 나는 언제 남자 친구가 생길까?"

"기다려 봐. 나도 생각지 않게 생겼잖아."

"서준이는 너의 어디가 좋은 걸까?"

"다음에 만나면 물어볼게."

"정말 물어보는 것은 아니겠지?"

"진짜 물어볼 건데? 현정이가 무척 궁금해하고 있다고 말이야."

"미안해! 그런 말을 한 내가 잘못했다."

"호호호. 나도 농담이야."

"이제 공연 보러 가야지?"

"벌써 시간이 되었네. 가자."

    은애와 현정이는 소나무 숲을 나와서 잔디운동장으로 향했다. 많은 사람이 관람하기에는 강당이 좁아서 공연만큼은 중학교 잔디운동장에서 열렸다. 해가 지는 석양은 진홍빛으로 강렬해도 날씨는 쌀쌀해서 긴팔 옷을 입어야 했다. 축제 시간이 가까워지자 잔디운동장에는 사람들로 북적였다. 운이 좋게 무대와 멀지 않은 곳에 자리가 있어서 은애와 현정이는 재빠르게 가서 앉았다.

"은애야! 여기에 앉으면 서준이가 노래 부르는 것을 잘 볼 수 있겠다."

"그래서 다행이야."

"뭐가 다행이야?"

"서준이와 약속을 했거든. 무대에 섰을 때 내가 있는 곳을 알 수 있게 빨간 스웨터를 입고 있기로 했어."

"너도 여우구나. 그런 약속도 하고."

"너도 남자 친구 생기면 나보다 더할걸!"

"하여간 서준이와 들키지 않고 용케도 잘 만난다. 남자 친구가 축제에서 노래를 불러 주다니 생각만 해도 낭만적이다."

    은애와 현정이가 수다를 떠는 사이 축제를 알리는 팡파르가 울렸다. 함성과 함께 사회자가 나와서 밴드부원을 한 사람씩 소개했다. 소개된 부원은 악기연주로 인사를 대신했다. 기타리스트 겸 보컬인 서준이는 마지막으로 소개되었다. 서준이의 소개를 끝으로 본격적인 공연이 시작되었다. 은애한테 미리 말해 준 〈나 어떡해〉와 〈개구쟁이〉를 이어서 노래를 불렀다. 은애는 서준이가 자신을 알아볼 수 있도록 스웨터를 벗어서 흔들었다. 그런 은애를 발견하고 서준이가 웃었다. 은애도 서준이를 보고 웃었다. 서준이의 목에는 얼마 전에 은애가 선물한 남색 스카프가 매어져 있었다. 은애는 서준이가 자신을 알아보자 다시 스웨터를 입었다. 공연은 대성공이었다. 앙코르곡으로 소풍 때 불렀던 〈그건 너〉까지 부르고 났을 때 사회자가 서준이한테 돌발 질문했다.

"인기가 정말 많네요. 혹시 여자 친구가 있나요?"

서준이는 조금도 망설임 없이 대답했다.

"네. 있습니다."

서준이가 말을 하자마자 난리가 났다. 사회자도 생각지 못한 듯 서준이의 답변에 놀란 눈치였다. 밴드부 공연이 끝나면 가요제에 출전한 사람들이 노래를 불러야 하는데 난감한 상황이 되었다.

"이서준 학생의 인기가 정말 대단하네요. 그럼 이어서 가요제를 진행하겠습니다. 이번 가요제에 출전한 사람들은 모두 무대 위로 올라와 주세요."

사회자는 급하게 마무리 인사말을 하고 다음 순서를 진행하기 시작했다. 떠들썩했던 공연장은 점차 안정되었다.

"애들이 이서준의 여자 친구 찾는다고 더욱 난리 나겠다."

"그러게."

"그러니 조심해. 네가 이서준의 여자 친구인 것을 알면 아이들이 가만두지 않을 것 같아. 아까 분위기 봤지?"

"알았어."

밴드부 공연이 끝나도 은애의 마음은 진정되지 않았다. 축제가 끝나고 집에 돌아오자 언니들도 난리가 났다.

"오늘 이서준 정말 멋있더라."

"언니! 내 친구들도 난리가 났었어. 중학생인데 너무 멋있다고 말이야."

"아까 그 자리에 있었던 여학생들이라면 다 그렇게 생각할걸."

"내 동생 남자 친구라고 말하고 싶은 것 참느냐고 혼났다. 당당하게 여자 친구 있다고 말하니깐 더 멋있는 것 같아. 그런 말을 들으니 기분이 어땠니?"

"나도 놀랐지."

"그랬겠지. 아무튼 이서준이 너를 많이 좋아하고 있다는 것만은 알겠더라."

축제 이후로 서준이는 언제나 화제가 되었다. 학교에서는 누군지 모르는 서준이의 여자 친구 이야기로. 집에서는 은애의 남자 친구로.

아카시아 향기

17

은행나무길

　단풍이 짙어가는 가을날이다.

은애와 서준이가 하이킹하는 날이다.

은애는 엄마가 싸 준 도시락 가방을 자전거 핸들에 걸고 마을 어귀에서

기다리고 있는 서준이한테 갔다.

"오래 기다렸어?"

"아니! 나도 방금 왔어."

"오늘도 스카프를 맸네."

"응. 이 스카프 정말 맘에 들어."

"너한테 잘 어울려. 오늘은 어디 갈 거야?"

"자전거 타기 좋은 도로가 있어. 은행잎이 노랗게 물들어서 보기도 좋을

거야. 자동차들도 많이 안 다녀서 안전하기도 하고."

"응. 좋아! 거기로 가자."

"가방 이리 줘. 내가 가지고 갈게."

　서준이는 은애에게 가방을 받아서 자전거에 싣고 출발했다. 몇 번의

자전거 하이킹을 함께해서인지 은애와 서준이는 서로 맞추어 가면서 자

전거를 탔다. 30분 남짓 가다 보니 자전거 보관소가 있어서 은애의 자전거를 맡기고 함께 서준이의 자전거를 타고 이동하기로 하였다.

"잘 잡아. 그렇지 않으면 떨어질 수도 있어."

서준이는 천천히 자전거의 페달을 밟으면서 앞으로 나갔다. 울퉁불퉁한 길이 나오면 은애가 엉덩방아를 찧지 않도록 더 조심했다. 단풍이 이쁘게 물든 곳을 지나자 서준이가 말한 은행나무 가로수 길이 나왔다. 은행나무가 양쪽으로 있는 길은 온통 노란 은행잎으로 덮여 있었다. 어쩌다가 자동차가 지나가면 은행잎도 덩달아 들썩거렸다.

"정말 멋지다. 이런 길이 있었다니 놀랍다."

"네가 좋아할 줄 알았어. 우리 걸을까?"

"응. 좋아!"

은애와 서준이는 자전거에 내려서 자전거를 한쪽에다 세워 놓고 걷기 시작했다.

"그런데 어떻게 이 길을 알게 되었어?"

"재작년에 보이 스카우트 캠핑을 여기로 와서 알게 되었어. 작년에는 윤수랑 왔었어."

"윤수와는 어떻게 알게 되었어?"

"국민학교를 함께 다녔어."

"그래서 그렇게 친하게 지내는구나."

"너도 현정이랑 같은 국민학교 나왔지?

"아니야. 난 대전에서 국민학교 졸업하고 왔어."

"그럼 어떻게 현정이와 친하게 되었어?"

"내가 이야기하면 아마 웃을 거야."

아카시아 향기

"약속해. 안 웃을게."

은애가 현정이와 친하게 된 이야기를 듣고 난 서준이는 웃으면서 고개를 끄덕였다.

"나한테 윤수가 있듯이 너한테는 현정이라는 친구가 있어서 다행이다."

"나도 그렇게 생각해."

"잠깐만! 여기 너무 좋다. 여기에서 사진 찍자. 자! 이쪽을 봐."

'찰칵' '찰칵' 서준이는 여러 장 사진을 찍었다. 수줍어하면서도 사진을 찍는 은애를 사랑스러운 눈으로 보면서 서준이는 사진기의 셔터를 계속 눌렀다. 이어서 은애가 서준이를 찍었다. 서준이는 마냥 기쁜 듯이 웃으면서 은애가 시키는 대로 다양한 자세를 취했다. 독사진을 다 찍었을 때 지나가는 사람에게 부탁해서 은애와 서준이는 함께 사진도 찍었다. 처음에는 어색하게 나란히 서서 찍었지만 찍어주는 사람의 요청에 따라 서준이가 은애의 허리에 손을 두르고 사진을 찍었다. 사진을 찍고 나서 은애와 서준이는 주변을 걸었다.

"저번 축제 때 여자 친구 있다고 대답하고 나서 곤란한 일은 없었어?"

"응. 없었어. 그리고 내가 여자 친구 있다는데 어쩔 거야. 혹시 네가 곤란한 일이 있었던 것은 아니야?"

"나도 없었어. 내가 여자 친구라는 것은 현정이와 미자만 알고 있거든."

"난 내 여자 친구가 2학년 1반 조은애라고 당당하게 말하고 싶었는데 꾹 참았지."

"잘했어. 그만큼 네가 인기가 있어서 그래."

"그렇게 말해 줘서 고마워."

"뭐가 고마워. 난 사실내로 밀한 건데."

"너하고 걸으니깐 금방 온다. 저기 자전거 있는 쪽으로 내려가면 벤치가 있는데 거기에서 점심 먹자."

서준이는 벤치에 떨어져 있는 은행잎을 치우고 은애는 서준이한테 가방을 받아서 벤치에 김밥, 과일, 요구르트, 따뜻한 보리차 등을 펼쳐 놓았다.

"정말 맛있겠다. 이것을 엄마가 싸 주셨어?"

"응. 며칠 전에 하이킹 간다고 했더니 준비해 주셨어. 따뜻한 물과 먹어."

은애와 서준이는 김밥을 먹고 후식으로 과일과 요구르트도 먹었다. 바람이 불 때마다 은행잎이 '우수수' 떨어졌는데 그중 하나가 은애의 곱슬머리에 떨어졌다. 노란 은행잎은 은애의 머리핀보다도 더 잘 어울렸다. 서준이가 은애를 보고 웃었다.

"왜 웃는 거야?"

"네 머리에 은행잎이 떨어졌는데 너무 이뻐서 웃었어."

"정말이야? 어디에 떨어졌어?"

은애가 은행잎을 떼려고 머리에 손을 가져가니깐 서준이가 은애의 손을 잡았다.

"내가 떼어 줄게."

서준이는 은애의 머리에서 은행잎을 떼어서 은애에게 보여 주었다. 순간 은애와 서준이는 서로의 눈을 보게 되었다. 은애의 눈에는 서준이가 있고 서준이의 눈에는 은애가 담겨 있었다. 그 순간 시간이 멈추었다. 은애와 서준이는 멈춘 그대로 움직이지 않았다. 머쓱해서 은애가 얼굴을 돌리려고 하자 서준이가 은애의 얼굴을 두 손으로 감싼 다음 천천히 서

아카시아 향기

준이의 얼굴이 은애에게 다가왔다. 점점 서로의 얼굴이 가까워지자 은애는 가슴이 콩닥거리기 시작했다. 서서히 서준이의 입술이 은애의 입술에 닿았을 때 은애는 눈을 감았다. 서준이의 입술은 촉촉하고 부드러웠다. 잠시 후 서준이는 사랑스러운 눈으로 은애를 바라보면서 말했다.

"네가 내 여자 친구라서 정말 좋아. 앞으로도 너한테 어울리는 남자 친구가 될게."

"넌 지금도 충분히 자랑스러운 남자 친구야."

그렇게 그해 가을은 지나갔다.

코스모스와 자전거

18

하얀 성탄절

2학기 기말고사가 오늘로 끝났다. 서준이와 사귄다는 조건에는 학업을 게을리하지 않는다는 조건이 있어서 시험공부도 열심히 했다. 성적은 그럭저럭 괜찮게 나올 것 같다. 겨울방학이 되기 전까지는 시간이 널널해서 아이들은 목도리를 짜거나 비누공에 등을 하면서 시간을 보냈다. 은애도 서준이한테 목도리를 짜 주려고 읍내에 나가는 아빠의 자동차를 탔다.

"우리 넙죽이랑 오랜만에 읍내에 나가네. 오늘은 웬일로 나가는 건가?"

"털실 사서 목도리 짜려고요."

"누구 목도리 짜려고?"

"이번엔 서준이 것 짜고 다음엔 아빠 것 짜 드릴게요."

"허허허. 아빠는 언니들이 짜 준 목도리가 있으니깐 서준이나 짜 줘라."

읍내에 도착해서 아빠는 아빠대로 볼일을 보고 은애는 털실 가게에서 털실을 사고 카드도 샀다. 이제 곧 성탄절이 돌아오기 때문이다.

털실을 산 은애는 '연속극'이나 '가요쇼'를 보면서도 목도리를 짰다. 학교에서도 자유시간이 주어지면 목도리를 짰는데 꼬박 1주일이나 걸려

아카시아 향기

서 완성했다. 다 짠 목도리를 목에 둘러보니 처음치고는 잘 짰다는 생각
에 뿌듯했다. 은애는 포장지로 포장하고 카드도 썼다. 이젠 만나서 주면
되는데 만나자고 연락하려고 하니깐 난감했다. 지금까지 연락해 온 것
은 언제나 서준이였기 때문이다. 은애가 이런 문제로 고민하고 있을 때
서준이한테서 성탄절에 만나자는 연락이 왔다. 은애는 코트를 입고 장
갑을 끼고 서준이한테 줄 목도리가 들어 있는 보조 가방을 메었다. 읍내
까지는 아빠가 데려다주고 올 때는 버스를 타고 오기로 했다.

　은애는 서준이와 읍내 빵집에서 만났다. 어색할까 봐 걱정했는데 얼굴
을 보는 순간 어색함은 사르르 사라졌다. 서로의 얼굴을 보자 웃음이 나
왔다.
"그동안 잘 지냈어?"
"응. 너도 잘 지냈어?"
"물론이지. 시험은 잘 봤어?"
"시험은 그런대로 본 것 같아. 우리 뭐 먹을까? 난 찐빵이 좋은데 너는
어때?"
"나도 좋아. 그럼 우유와 찐빵을 먹자."
은애는 서준이가 우유와 찐빵을 주문하고 왔을 때 목도리와 카드를 주
었다.
"이것 받아."
"이게 뭐야?"
"열어 봐."
"우와! 목도리네."

"내가 짰어."

"정말 네가 짰어?"

"응. 네 맘에 들었으면 좋겠다."

"고마워. 정말 마음에 들어."

목도리는 서준이한테 잘 어울렸다. 목도리를 한 서준이도 코트 주머니에서 선물을 꺼내서 은애에게 내밀었다.

"이건 내 선물이야."

은애가 포장지를 뜯자 포켓 앨범이 나왔다. 앨범 맨 앞장에는 은애와 서준이가 함께 찍은 사진이 들어 있었고 사진 밑에는 서준이가 쓴 글이 있었다.

"사진 잘 나왔다. 풍경도 이쁘게 잘 나왔어."

"풍경보다 그 속에 있는 네가 더 이쁘게 나왔어."

서준이의 말에 은애는 갑자기 얼굴이 빨개졌다. 첫 키스가 생각났기 때문이다. 은애와 서준이가 어색하게 앉아 있는데 아줌마가 빵과 우유를 가져다주셨다.

은애와 서준이는 빵을 먹고 거리에 나왔다. 거리에는 캐럴이 경쟁하듯이 여기저기에서 들려왔고 '쩌렁쩌렁' 자선냄비 소리도 들렸다. 거리는 오고 가는 사람들로 많이 붐볐다. 은애와 서준이는 한적한 거리를 선택해서 걸었다. 서준이는 은애가 준 목도리를 목에 두르고 은애는 미니앨범을 넣은 보조 가방을 어깨에 메고 나란히 걸었다. 은애와 서준이는 리어카에서 귤을 파는 사람과 군밤을 파는 사람들을 지나서 앞으로 계속 걸었다.

아카시아 향기

"우리도 이젠 3학년이다. 3학년 되면 고등학교를 선택해야 하는데 너는 어떻게 할 거야?"

"엄마랑 아빠하고 이야기하고 있는데 아직 정해지지 않았어."

"그럼 다른 곳으로 갈 수도 있다는 거네?"

"그럴 수도 있을 것 같아. 요즘 고등학교에 대하여 계속 이야기하고 있어."

"너는 나중에 어떤 일을 하고 싶은데?"

"난 건축가가 되고 싶어. 작년에 살고 싶은 집을 그려서 내라고 했을 때 집을 멋지게 짓는 사람이 되고 싶다는 생각이 들었어. 그런데 엄마랑 아빠는 의사가 되길 원하고 계셔."

"어느 쪽이든지 너는 다 잘할 수 있을 거야. 네가 하고 싶은 일을 했으면 좋겠어."

"그렇게 말해 줘서 고마워. 너는 어떤 일을 하고 싶어?"

"부모님은 선생님이나 은행원이 되길 원하시는데 아직은 모르겠어."

"아직 시간이 있으니깐 충분히 생각해서 결정해."

"응. 그래야지."

은애와 서준이가 걷고 있는 길 위에 함박눈이 내리기 시작했다. 눈은 은애와 서준이의 얼굴과 머리에 소복소복 쌓였다. 얼굴을 좌우로 흔들어서 함박눈을 뗀 은애와 서준이는 서로의 얼굴을 보고 활짝 웃었다. 멀리서 들리는 캐럴과 교회의 종소리가 정겹게 들리는 거리를 은애와 서준이는 손을 잡고 마냥 걸었다.

19

이서준이 전학 가다

긴 겨울방학이 시작되었다.

오늘도 은애는 방에서 꼼짝도 안 하고 있다. 언니들이 "누에고치 치고 있냐?"고 해도 방에서 나올 기미가 없다. 이처럼 은애가 방에 틀어박혀서 나오지 않고 있는 것은 서준이가 미국으로 이민 갔기 때문이다. 서준이의 고모는 독일로 파견된 간호사였는데 계약기간이 끝나자 미국으로 건너가서 재미교포와 결혼했는데 이번에 서준이네를 초청해서 들어가게 된 것이다. 서준이도 미국까지 갈 것이라고는 생각하지 못해서 당황스럽다고 했다. 예전에 부모님이 "미국으로 이민 가면 어떻겠니?"라고 물어본 적이 있어서 "좋아요."라고 대답했는데 이렇게 갈 줄은 몰랐다고 했다.

은애는 서준이가 미국 가기 전에 성탄절 때 만났던 빵집에서 만났다. 이날도 아빠가 빵집까지 데려다주셨다.

"만남도 중요하지만 잘 헤어지는 것도 중요한 거야."

"저도 알아요."

"우리 넙죽이가 어느새 이렇게 컸나! 아빠가 기다릴게. 함께 집에 가자."

"괜찮아요. 오늘도 저번처럼 버스 타고 갈게요. 염려 마세요."

이윽고 아빠는 은애를 빵집에 내려 주고 가셨다. 은애는 다짐하듯이 호흡을 가다듬고 빵집 문을 열었다. 빵집에는 서준이가 미리 와서 기다리고 있었다.

"언제 왔어?"

"방금 왔어."

"언제나 너는 나보다 먼저 와서 기다리더라."

"네가 문 열고 들어오는 모습을 보는 게 좋아."

은애는 서준이의 말을 듣고도 무심하게 앉으면서 서준이의 시선을 피했다.

"왜 나를 안 봐?"

"보고 있어. 지금도 보고 있잖아."

"알아. 나도 네 마음과 같아."

한동안 침묵이 흘렀다. 곧이어 침묵을 깬 것은 아줌마였다.

"학생들 주문 안 해? 뭐 줄까?"

"저번에 먹었던 찐빵과 우유 주세요."

은애가 아줌마한테 아무렇지 않게 주문하였다. 그런 은애를 서준이는 말없이 바라봤다. 은애는 서준이와 눈이 마주치자 웃었다. 서준이도 그런 은애를 따라서 웃었다. 이윽고 주문한 빵과 우유가 나왔다.

"맛있겠다!"

은애는 얼른 서준이한테 찐빵 한 개를 집어서 건넸다. 은애에게 찐빵을 받은 서준이도 웃으면서 은애에게 찐빵을 주었다.

"이 찐빵은 여전히 맛있네."

은애의 말에 찐빵을 먹던 서준이도 고개를 끄떡였다. 말없이 찐빵을 먹고 난 서준이는 외투 주머니에서 노트를 꺼내서 은애에게 내밀었다.

"이것은 네가 내 마음에 들어온 순간부터 쓴 거야."

서준이한테서 노트를 받은 은애는 보조 가방에서 포장한 선물과 편지를 꺼냈다.

"이건 네가 중학교 졸업할 때 주고 싶었던 거야."

"지금 뜯어 봐도 돼?"

"응. 그런데 편지는 집에 가서 읽어."

선물은 하모니카였다. 작년에 하모니카를 배우고 싶다고 했는데 은애가 그걸 기억하고 선물한 것이다.

"하모니카는 들고 다니기 편해서 배우고 싶다고 했잖아."

"그걸 기억했네. 고마워."

"나도 고마워. 너 때문에 내 중학교생활이 즐거웠어."

"나도 그래. 너를 좋아하게 되면서 나도 행복했어."

은애와 서준이는 빵집에서 마지막 인사를 했다. 빵집을 나와서 서준이가 데려다준다는 것을 은애는 거절했다. 이젠 혼자서 다녀야 하는 것에 익숙해야 하기 때문이다.

"다녀왔습니다!"

은애는 다른 날보다 더 씩씩하게 인사를 했다.

은애는 아무렇지도 않게 저녁밥도 잘 먹었다. 그러나 다음 날이 되자 은애는 잠자리에서 일어나지 않았다. 정확하게 말하면 일어날 수가 없었다. 몸을 뒤척이는 것조차 귀찮은 은애는 다시 천천히 노트를 읽어 내려갔다

아카시아 향기

『오늘 운명적인 그 아이를 만나다』   9월 20일 수요일

오늘 클럽활동 시간에 미술부원들이 한 명씩 나와서 자신이 그린 집에 대한 제목과 그리게 된 이유에 대하여 설명했다. 대부분 아이들은 크고 화려한 집을 그렸고 제목도 '빨간 2층 양옥집' 등으로 붙였다. 나도 '내가 살고 싶은 집'이란 제목으로 크고 멋진 집을 그렸다. 비슷비슷한 미술부원들의 그림들을 보면서 지루해질 때 나의 눈에 '확' 들어오는 그림이 있었다. 바로 '로체스타 씨가 사는 집'이라는 제목의 그림이었다. 그 순간 난 그림 속으로 '확' 빨려 들어갔다. 마치 그 집에 예전부터 살고 있어서 익숙한 정원을 거닐고 있다는 생각마저 들었다. 내가 넋을 놓고 그 그림을 보고 있을 때, 그 아이는 '로체스타 씨가 사는 집'으로 제목을 정하게 된 이유와 그림에 대하여 설명하고 있었다. 내가 뚫어지게 쳐다보고 있으니깐 그 아이는 나를 힐끔 쳐다보더니 아무렇지도 않게 다른 곳을 보면서 계속 말을 이어 갔다. 이윽고 그 아이는 그림에 대한 설명을 마치고 자기 자리에 가서 앉았다. 난 맨 뒤에 앉아 있어서 그 아이의 뒤통수만 볼 수 있었다. 단발머리인 그 아이는 곱슬머리였다. 난 그 아이와 얼굴을 보면서 이야기를 나누고 싶었다. 종이 나자마자 그 아이한테 가니깐 그 아이는 다른 아이들과 이야기하면서 교실을 나갔다. 그 아이를 보려면 1주일이나 기다려야 하는데. 난 그 아이가 보고 싶어서 그 아이가 있는 교실의 복도를 몇 번이나 왔다 갔다 했는데 그 아이는 좀처럼 교실에서 나오지 않았다. 그 아이를 생각하면 가슴이 실렌다.

은애는 서준이가 주고 간 노트를 덮었다. 다시 예전의 은애로 돌아가야겠다고 생각은 하지만 맘처럼 몸이 움직이지 않았다. 그동안 식구들은 은애를 그냥 내버려 두었다. 은애가 마음껏 굴을 파고 그 굴에서 쉴 수 있도록 기다려 줬다. '길이 안 보이고 혼란스러울 때가 있으면 잠시 눈을 감고 쉬었다가 다시 뜨면 또 다른 길이 보일 거야.'라고 관사에서 이사 올 때 세호 오빠가 해 준 말이 생각이 났다. 그때는 이 말의 뜻을 몰랐는데 지금은 충분히 이해가 갔다.

은애가 1주일째 두문불출하자 아빠가 방에 들어오셨다.
"우리 넙죽이가 어른으로 성장하는 길목에 있어서 힘든 거야. 지금의 길목은 좁고 막힌 것 같아도 거기를 벗어나면 다른 길들이 얼마든지 있다는 것을 알 수 있을 거야. 지금 당장 보이는 것이 전부가 아니라는 것을 알면 좋겠구나! 이젠 '툭툭' 털고 일어나야지. 통닭 사 왔으니깐 먹고 힘내자."
아빠는 은애를 데리고 안방으로 건너갔다. 안방에는 식구들이 통닭을 앞에 두고 은애와 아빠를 기다리고 있었다. 은애는 엄마가 건네준 닭 다리를 들고 먹기 시작했다. 은애는 중2 겨울방학을 그렇게 힘겹게 보냈다.

체력장 그리고 고등학교 진학

3월인데도 날씨는 쌀쌀하다. 교복 위에 코트를 입어도 추운 것은 매한가지다. 교실에 들어가면 썰렁해서 쉬는 시간만 되면 햇볕이 있는 창가 쪽으로 아이들이 모여들었다. 1주일마다 분단으로 이동하는데 은애네 분단이 오늘 창가 쪽이 되었다. 맨 뒷자리에서 창문을 통해 운동장을 바라보니 얼마 전에 내린 눈이 얼어 있었다. 한낮이 되면 저 눈도 녹아서 흔적도 없이 사라질 것이다. 서준이가 전학을 간 것처럼.

은애가 이런저런 생각에 운동장에서 눈을 떼지 못하고 있을 때 현정이가 '툭' 어깨를 쳤다.

"깜짝이야! 간 떨어지겠다."

"어휴! 귀한 간이 떨어지면 안 되지. 그러니깐 물어보면 대답도 좀 해."

"나한테 뭐라고 했어?"

"오늘 참고서와 학용품 사러 읍내에 가는 것 맞냐고 물어봤잖아."

"당연하지. 수업 끝나고 바로 가자."

은애와 현정이는 읍내에 나가서 연중행사인 새 학기 맞이 참고서와 학용품을 샀다. 고입 시험을 대비한 문제집도 사다 보니 가방과 보조 가방이 빵빵했다. 가방의 무게만큼 마음도 무거웠다.

쌀쌀한 3월이 지나고 4월이 되자 체육수업은 운동장에서 했다. 2학기에 실시하는 체력장을 대비해서 체력장 종목을 배우기 시작했기 때문이다. 체력장에는 오래달리기, 100m 달리기, 제자리멀리뛰기, 윗몸일으키기, 던지기, 팔굽혀 매달리기 등 6개 종목이 있다. 은애는 달리기 종목과 제자리멀리뛰기, 윗몸일으키기는 만점에 가깝게 했지만 던지기와 팔굽혀 매달리기는 평균 이하였다. 오늘 체육 시간에도 그랬다. 힘껏 던져도 공은 너무 가까운 곳에 떨어졌다. 체육 선생님의 설명을 듣고 다시 던져도 공은 더 이상 멀리 나가지 않았다. 또한 팔굽혀 매달리기를 했는데 좌절감마저 들었다.

"땡! 조은애. 0초."

체육 선생님은 칼같이 0초를 불렀다.

"선생님! 1초는 되잖아요."

"임마! 선생님이 거짓말하겠니. 반장아! 초를 재 봐라."

급기야 선생님은 반장을 불러서 초시계를 주면서 시간을 재도록 하였다. 은애는 심기일전으로 철봉에 매달렸지만 올라가자마자 떨어졌다.

"반장! 몇 초야?"

"0초요."

"그렇다고 실망할 것은 없어. 매일 연습하면 0초가 1초가 되고 4초가 되고 나중에는 만점을 받을 수 있으니깐 꾸준히 해 봐."

은애는 체육 선생님의 말씀대로 현정이와 매일 매달리기를 연습했다. 수업이 끝나면 은애와 현정이는 의자를 들고 철봉으로 갔다.

"땡! 0초야."

"1주일 내내 0초냐."

"하다 보면 1초라도 되겠지. 0초면 점수가 없으니깐 1초라도 매달려 보자."

은애와 현정이는 꾸준히 매달리기를 했다. 그러던 8일째 되는 날 1초가 되었다. 다음 날에는 3초가 되더니 급기야 10초가 넘어갔다. 할수록 철봉에 매달려 있는 시간도 길어졌다.

드디어 2학기가 되면서 체력장 시험을 봤는데 몇 명을 제외하고는 대부분 만점인 20점을 받았다. 1학기부터 꾸준히 연습한 팔굽혀 매달리기의 종목도 만점을 받았다. 처음엔 0초였지만 매일 연습하니 30초를 거뜬하게 매달릴 수 있게 되었다. 하나의 시험인 체력장을 끝내고 나니 가장 중요한 고등학교 입학시험이 남았다. 엄마랑 아빠는 집에서 가까운 고등학교로 진학하기를 원했다. 큰언니가 졸업하고 작은언니가 다니고 있는 고등학교로 말이다. 대부분 같은 재단인 고등학교로 진학하기에 은애도 그렇게 하기로 했다. 물론 현정이와 미자도 같은 학교로 진학한다. 은애는 선생님들이 과목별로 등사해 준 프린트와 핵심 요약된 문제집을 사서 열심히 공부해서 좋은 성적으로 고등학교에 들어갈 수 있었다.

고등학교에 다닌다는 것은?

드디어 은애도 작은언니가 다니고 있는 고등학교에 입학하였다. 은철이는 중학생이 되어서 까까머리에 모자를 쓰고 교복을 입었다. 까까머리를 한 은철이가 귀여워서 머리를 쓰다듬으면 은철이는 모자를 푹 눌러 썼다. 아침에 등교할 때 은철이는 자전거를 타고 가고 은애는 언니들과 아빠 자동차를 타고 등교했다. 큰언니가 고등학교를 졸업하고 면사무소에 근무하게 되면서 아빠가 큰언니도 데려다줘서 아침이면 더 바빴다. 오늘도 부랴부랴 밥을 먹고 집을 나섰다. 마당에는 아빠가 빨리 나오라고 '빵빵' 클랙슨을 울렸다. 고등학생이 되니 아침이 더욱 바빠졌다. 양 갈래머리 하고 교복도 치마를 입어서 스타킹을 신어야 했다. 물론 중학교 때도 춘추복과 하복은 교복 치마를 입었지만 고등학교는 동복도 치마를 입었다. 은애는 엄마가 주는 도시락을 받아들고 자동차로 뛰어갔다. 자동차 안에는 이미 큰언니와 작은언니가 타고 있었다.

"조은애! 빨리 준비해라. 너 때문에 지각하게 생겼어."

"알았어! 나도 최대한 빨리 준비한 거야."

"내가 고등학교 다닐 때 양 갈래머리 때문에 지체하면 뭐라고 했던 것 기억나니?"

아카시아 향기

"큰언니! 그땐 미안했어. 곱슬머리라서 양 갈래머리 하는 것이 생각보다 어려워. 중학교처럼 단발머리 하면 좋겠다."

"자! 우리 넙죽이도 탔으면 출발한다."

은애네는 신 중턱에 있으므로 아빠는 천천히 운전해서 언덕배기를 내려갔다. 차 안에서 양 갈래의 머리를 정리하고 교복의 매무새를 고치고 난 은애는 자세를 바르게 앉으며 창밖을 쳐다보았다. 자신과 같이 교복을 입은 학생들이 무거운 가방을 들고 분주히 학교를 향해서 가고 있는 모습이 보였다. 오늘도 가방의 무게처럼 힘겨운 하루를 보내리라.

첫 교련 시간

　고등학교에는 중학교에 없는 '교련'이라는 과목이 있다. 첫 교련 시간이 되자 1학년 여학생들은 모두 운동장에 모이라는 방송이 나왔다. 3월이라서 그늘진 곳은 아직도 얼음이 있는 추운 날씨인데도 반별로 운동장에 모였다. 수업 종이 울리자 남자 선생님이 운동장에 모습을 드러냈다.
"반장들은 앞으로 나와서 2열로 세워라. 제대로 안 한 반은 운동장을 돌리겠다."
남자 선생님의 엄포에 각 반은 2열로 서기 위해 분주히 움직였다.
"다들 군기가 빠졌구나! 모두 운동장을 돌아야 정신 차리겠나?"
남자 선생님은 체구는 작아도 눈매는 매섭고 목소리는 '쩌렁쩌렁' 울렸다.
"앞으로 여러분은 교련과목을 배울 것이다. 남학생들은 총을 들고 하는 제식훈련과 총검술을 받겠지만 여러분은 여학생인 관계로 제식훈련과 구급법을 배울 것이다. 나는 남학생들을 가르치나 종종 와서 여러분들이 얼마나 제식훈련을 잘하고 있는지 점검할 것이다. 여러분은 여자 선생님인 '이영숙 선생님'이 가르칠 것이다. 알겠나?"
"네."
"크게 대답 안 하나! 그리고 대답할 땐 '알겠습니다'라고 한다. 알겠나?"

"알겠습니다!"

"좋아! 그럼 지금부터 내가 호명하는 사람들은 조회대 앞으로 나온다. 1 반에 박미애, 이영희… 4반 김순이, 조은애 이상 앞으로 나와라."

은애와 친구들은 어리둥절하면서 앞으로 나갔다.

"앞으로 나온 사람들은 1반부터 차례로 선다."

은애와 친구들이 반별로 줄을 서자 선생님은 '차렷' '열중쉬어'를 시켜 보고 몇 명을 제외하고는 반으로 들어가라고 하셨다. 선생님은 다시 한번 '차렷' '열중쉬어'을 시켜 보고 은애와 박미애만 남게 하셨다.

"최종적으로 너희 둘만 남았다. 이름이 뭔가?"

"조은애입니다."

"박미애입니다."

"왜 너희 둘만 남았는지 아는가?"

"아니요."

"너희들은 1학년 중대장이 되었다. 중대장은 교련 조회 시간에 중대를 총괄하는 임무가 있다. 조회 시간에 반장들이 반 앞에 서면 중대장은 그 반장들보다 더 앞에 서서 부대를 총괄하게 되는데 박미애는 1반과 2반 을 총괄하고 조은애는 3반과 4반을 총괄하게 된다. 교련 조회 시간에 직 접 해 보면 알 수 있을 것이다. 알겠나?"

"알겠습니다."

은애와 박미애는 얼떨결에 대답은 했어도 교련 선생님이 하는 말을 다 이해하지는 못했다. 그러나 자신한테 엄청난 일이 벌어졌다는 것만은 알 수 있었다.

은애는 첫 교련 수업이 끝난 뒤로 좀처럼 다른 수업에 집중할 수가 없었다. 수업이 끝나고 집에 돌아온 은애는 교복을 갈아입고 방에 벌러덩 누웠다. 중학교 때 운동장에서 교련복을 입고 훈련하던 남학생들과 언니들이 얼굴과 팔에 붕대를 감고 연습하던 모습이 떠올랐다. 마음이 싱숭생숭하던 은애는 스르르 잠이 들었다. 얼마를 잤는지 작은언니가 발로 은애를 '툭툭' 차면서 깨웠다.

"세상 편하다. 초저녁부터 잠을 자고 있네."

"왜 발로 깨워. 말로 하지?"

"학교는 재미있었냐?"

"학교는 재미로 다니냐? 그냥 다니는 거지."

"네가 그런 말을 하니 웃긴다. 너하고 안 어울려."

"나도 고민이 있다고."

"무슨 고민인데 말해 봐."

"중대장이 뭐야?"

"중대장은 중대장이지. 왜 갑자기 물어보는 건데?"

"오늘 교련 시간에 1학년 여학생들을 운동장에 모이라고 하더니 1반에 박미애와 나를 중대장이라고 했어."

"뭐야? 정말 네가 중대장이 되었어?"

"응. 내가 왜 중대장이 되었는지 모르겠지만 그 남자 선생님이 그렇게 말했어. 중대장은 뭐 하는 건데?"

"학도호국단원으로 활동하는 거야. 그리고 매주 월요일마다 애국 조회하는데 중대장은 2개 반을 통솔하는데 중대장이 구령을 잘해야 2개 반이 일사천리로 행진을 할 수 있어. 그러지 못하면 선생님들한테도 혼나

아카시아 향기

고 아이들한테도 욕먹어."

"정말이야? 난 앞에서 하는 것은 자신 없는데."

"남자 교련 선생님이 뽑았으면 할 수밖에 없어. 하기 싫다고 해도 통하지 않을 거야."

"그래도 내일 담임 선생님한테 가서 말씀드릴 거야."

"중대장을 뽑는 것은 담임 선생님이 관여하지 않아. 교련에 관련된 것은 교련 선생님들이 알아서 하거든. 입학시험을 잘 봤니?"

"그걸 왜 물어? 그런대로 봤지."

"중대장을 뽑을 때 교련 선생님이 앞으로 나오라고 한 아이들 있었지?"

"응. 반에서 몇 명씩 나오라고 했어."

"미리 담임 선생님한테서 성적 좋은 학생들의 명단을 받아서 나오라고 했을 거야. 그중에서 중대장을 뽑는데 거기에 네가 뽑힌 거지. 하기 싫다고 해도 안 될 거야. 그러니 그냥 해라."

다음 날 은애는 담임 선생님께 중대장을 못 하겠다고 말씀드렸다. 담임 선생님이 교련 선생님과 상의해 보겠다고 해서 안심하고 교실로 돌아왔다. 고민이 모두 날아간 듯이 은애는 맘 편하게 하루를 보냈다. 종례 시간에 담임 선생님이 들어오시기 전까지 말이다.

"조은애! 지금 홍길도 남자 교련 선생님께 가 봐라."

은애는 왠지 불길한 마음이 들었다. 그래서 교무실에 가는 발걸음이 무거웠다. 교무실 문을 열고 들어가니 바로 홍길도 남자 교련 선생님의 자리였다. 남자 교련 선생님은 은애를 보자마자 가까이 오라고 손짓하셨다.

"네가 조은애니?"

"네."

"중대장을 안 하겠다고 하는 이유가 뭐지?"

"많은 사람 앞에서 하는 것은 자신 없습니다."

"중대장은 하고 싶다고 하고 하기 싫다고 안 하는 것이 아니야. 1학년 중에서는 박미애와 네가 가장 적임자라서 뽑은 거야. 너만큼 잘할 수 있는 사람이 있다면 너 대신 그 사람 시키겠다. 누군지 말해 봐."

"…."

"어서 말해 봐! 처음부터 잘하는 사람은 없어. 노력하다 보면 잘하게 되는 거지. 2, 3학년 선배들도 처음엔 못 하겠다고 하더니 지금은 아주 잘하고 있어. 중요한 것은 기회가 왔을 때 해 보는 것과 그냥 포기하는 것은 완전히 다른 거야. 힘들겠지만 한번 해 보는 거야. 알겠나?"

은애는 교련 선생님의 강한 말투에 기가 눌려서 아무 말도 못 하고 교무실을 나왔다. '터벅터벅' 걸어서 교실로 들어가니 현정이와 미자가 기다리고 있었다. 은애의 심상치 않은 표정을 보고 현정이와 미자는 은애를 안아 주고 어깨를 토닥토닥해 주었다.

아카시아 향기

23

우리들의 하이킹

고등학교 2학년이 된 은애는 학교생활에 익숙해졌다. 작년에 교련 검열도 해서 교련 조회조차 부담이 없게 되었다. 지난주엔 중간고사도 봤기 때문에 마음의 여유도 생겼다.

"현정아! 우리 하이킹 갈까?"

"어디로?"

"내가 좋은 곳을 알고 있어?"

"미자랑 진아도 함께 갈까?"

"좋아. 둘이 가는 것보다 넷이 가면 더 재미있을 거야."

먹을 것과 음료수는 각자 가져오고 카메라는 은애가 빌려 오기로 했다. 물론 카메라는 공동으로 빌리고 자신의 사진을 현상하는 만큼 돈을 내기로 하였다. 은애는 청바지에 티셔츠를 입고 머리띠를 했다. 김밥과 음료수가 든 가방과 돗자리를 자전거에 싣고 집을 나섰다. 미자와는 대모네 앞에서 만나기로 하였다. 은애는 천천히 자전거를 끌고 언덕배기를 내려갔다. 브레이크를 잡아도 자전거는 자꾸 앞으로 쏠려서 은애는 손에 힘을 주어서 브레이크를 잡아야만 했다. 언덕배기를 내려오자 은애는 자전거를 타고 달렸다.

"언제 왔어?"

"방금. 너 언덕배기 내려올 때 힘들었지?"

"응. 힘들었어. 다 좋은데 그 언덕배기가 문제야. 올라갈 때가 더 힘들어."

"그래도 마당에서 보면 마을이 다 보여서 좋잖아."

"그렇긴 하지. 마당에서 내려다보는 경치는 정말 멋지거든. 그러고 보면 무엇이든지 장단점이 있는 것 같아. 자 얼른 가자. 애들이 기다리겠다."

은애와 미자는 삼거리를 향해서 자전거를 타고 달렸다. 약속한 시간에 도착하니 삼거리에는 현정이와 진아가 기다리고 있었다.

"너희들 미팅하러 가냐! 왜 이렇게 이쁘게 하고 왔어?"

"모처럼 놀러 가잖아."

"신경 안 써도 이뻐."

"고마워. 그래도 오늘 같은 날 꾸며야지 언제 꾸미냐?"

"그렇긴 해. 카메라도 빌려 왔으니깐 마음껏 사진 찍자. 필름도 두 통이나 사 왔어."

"좋았어. 그런데 우리 어디로 가냐?"

"너희들이 좋아할 만한 곳이야. 내가 맨 앞에 갈 테니깐 잘 따라와야 해."

은애가 맨 앞장서서 가고 뒤로 현정이와 미자, 맨 마지막에는 진아가 뒤 따랐다. 은애는 친구들이 따라올 수 있도록 천천히 자전거를 타고 앞으로 나갔다. 때론 나무 그늘에 쉬면서 물도 마시고 땀도 닦으면서 갔다.

"자 이제 출발하자. 온 만큼만 가면 되니깐 힘내자."

은애는 친구들이 잘 따라오는지 확인하면서 앞으로 나갔다. 드디어 푸르른 은행나무 가로수 길에 들어섰다.

"여긴 너무나 멋지다. 이렇게 큰 은행나무들이 양쪽으로 있는 길은 처음 본다."

은애는 친구들이 감탄하는 것을 보면서 자전거에서 내렸다. 뒤이어 현정이와 미자, 진아도 자전거에서 내렸다.

"여기에서 자전거 끌고 내려갈 거야. 내리막길이니깐 조심해서 따라와."

　은애와 친구들은 자전거를 끌고 천천히 내려갔다.

"이 벤치로 하자. 그늘도 있어서 시원할 것 같아."

은애와 친구들은 벤치 주변에 자전거를 세우고 싸 온 도시락을 벤치로 옮겼다.

"여기에는 꽃들도 이쁘게 많이 피어 있네. 은애는 언제 이런 곳에 와 봤니?"

"너희들한테 말했을 텐데. 잘 생각해 봐"

"아! 알겠다."

"나도 생각났어."

"뭐야? 난 아직 모르겠어. 현정이와 진아는 알겠니?"

"물론이지. 너도 잘 생각해 보면 알 수 있어."

"자. 배고프니깐 먼저 도시락을 먹자. 4명이 벤치에 앉아서 먹기에는 좁을 것 같아서 돗자리도 가지고 왔어. 벤치 아래에 깔면 될 거야."

"각자 싸 온 도시락 꺼내자. 난 김밥과 음료수를 가지고 왔다."

"나도 은애처럼 김밥과 음료수와 과자를 가지고 왔어."

"은애와 현정이는 김밥을 싸 왔구나! 난 유부초밥이야."

"우와! 유부초밥 맛있지. 난 수북밥과 과일을 가시고 왔어."

"진아의 주먹밥은 맛있을 거야. 외숙모는 음식 솜씨가 좋거든."

"외사촌이 친구라서 좋겠다."

"물론이지. 특히 명절이나 중요한 날에 서먹하지 않고 말할 사람이 있어서 좋아. 우리 싸 온 도시락을 중심으로 사진 한 컷 찍고 점심 먹을까?"

"좋은 생각이야. 가운데로 모아서 찍자."

'찰칵, 찰칵, 찰칵'

은애와 친구들은 사진을 찍고 나자 싸 온 도시락을 먹기 시작했다. 향기로운 꽃향기가 산들바람에 실려서 은애와 친구들한테 왔다.

"은애야! 여기 서준이랑 왔었지?"

응. 서준이랑 자전거 타고 왔었어. 서준이는 보이스카웃 때 캠핑하러 왔던 곳이라고 했어."

"그 당시 서준이는 참 멋있었는데. 아이들은 이서준의 여자 친구 찾는다고 난리였잖아. 말하고 싶어서 입이 간질간질해서 혼났다."

"비밀로 해 줘서 정말 고마웠어."

은애와 현정, 미자, 진아는 도시락을 먹고 나서 고등학교 시절의 흔적을 새기듯이 사진을 찍으면서 즐겁게 하루를 보냈다.

24

곶감과 《데미안》

감이 맛있게 익어 가는 가을이다. 은애는 학교에서 돌아오자 장대를 가지고 수시 감나무로 갔다. '휘이익' 몇 번 휘둘러 보지만 수시 감나무가 워낙 커서 딸 수가 없어서 체념하고 돌아서는데 아저씨가 은애에게 장대를 받아서 홍시를 따 줬다. 어떤 감은 장대의 망에서 떨어져서 바닥으로 '철퍼덕' 떨어지기도 했다. 바닥이 흙이 아닌 풀밭이라서 박살 난 홍시라도 그런대로 먹을 수가 있었다. 추위가 더해지면 홍시가 안 되어도 감나무에 매달려 있는 감을 모조리 땄다. 그래도 몇 개의 감은 따지 않고 '까치밥'으로 남겨 두어서 까치들이 와서 먹을 수 있도록 하였다. 딴 감 중 일부는 장독대에 있는 큰 단지에 보관해서 겨우내 아이스크림 대용으로 먹었고 나머지 감은 껍질을 까서 곶감으로 만들었다. 저녁을 먹고 와서 동네 아줌마들이 감 껍질을 까는 데 거의 1주일이나 걸렸다. 껍질을 깐 감은 마루에 걸어서 말렸는데 마루가 온통 감으로 덮여서 주황색으로 물들었다. 마루에 걸려 있는 감은 곶감이 되어서야 내려왔다.

오늘은 일요일이라서 아침을 먹고 나니 게으름을 피우고 싶다는 생각에 은애는 마루에 걸터앉았다. 손에는 학급문고에서 빌려 온 《데미안》

이라는 책을 들고 있다. 국어 선생님이 꼭 읽어 보라고 추천한 책이라서 빌려 왔는데 아직 안 읽었다. 늦가을이라서 쌀쌀하지만 한낮은 그런대로 햇볕이 따스했다. 마루에 걸터앉아서 문득 위를 올려다보니 곶감들이 은애의 눈에 들어왔다. 손을 뻗어서 곶감을 따려고 해 보니 어림도 없다는 것을 알고 벌떡 일어나서 몇 개의 곶감을 따서 다시 주저앉았다.

 기둥에 기대어 곶감을 먹던 은애는 《데미안》을 펼쳤다. 천천히 은애는 열 살의 주인공이 살고 있는 두 세계의 문 중 하나를 열었다. 왠지 낯설고 이방인의 느낌이 들지만 그래도 알 수 있을 것 같은 친숙한 느낌이 들었다. 은애는 조심스럽게 문이 열린 세계를 향해서 한 발자국씩 걸어서 들어갔다. 안으로 갈수록 어두워져서 발을 떼어 놓기가 힘들었다. 처음에 싱클레어가 어두운 세계에 강하게 반항했듯이 은애도 어두운 세계에 저항심이 생겼다. 그러나 한 번 가기 시작한 길은 되돌아갈 수가 없기에 깊숙이 어두운 세계로 들어가야만 했다. 마치 싱클레어가 심한 방황을 하게 되어서 아버지와의 관계도 소원해지고 현실 도피를 감행했듯이 은애도 어두운 세계로 빨려 들어가듯이 들어갔다. 시간이 지날수록 은애는 깜깜한 어둠에 익숙해졌다. 그리고 완전한 자유로움을 느꼈다. 어둠에 갇혀 있는 몸과는 반대로 마음은 거침없이 날아다녔다. 은애가 캄캄한 어둠에 익숙할 무렵 멀리서 환하게 빛나고 있는 것이 보였다. 빛에 가까울수록 발걸음은 가벼워도 눈은 자꾸 찡그리게 되었다.

 드디어 어두운 곳을 완전히 빠져나와서 환하게 빛나고 있는 문을 열었다. 너무나 환해서 눈을 뜨고 있기가 불편한 은애는 실눈을 뜨고 앞으로

　　　　　　　　　　　　　　　　　　　　　아카시아 향기

나아가기 시작했다. 밝아서 모든 것이 보이는데도 마음이 불편하다고 생각하고 있을 때, 누군가 부르는 소리에 은애는 퍼뜩 정신을 차리고 두리번거렸다. 앞에 할머니가 서 계셨다.

"아! 할머니."

"은애가 책에 푹 빠졌구나! 책이 그렇게 재미있냐? 안방에서 할아버지가 몇 번이나 불러도 대답도 안 하고."

"정말요? 왜 부르셨어요?"

"응. 물을 떠다 달라고 했는데 할미가 해서 안 해도 돼."

"죄송해요. 못 들었어요."

"괜찮아. 그나저나 추운데 방에 가서 읽지 왜 여기에서 읽어?"

"따뜻하게 입어서 괜찮아요."

할머니는 은애의 엉덩이를 토닥토닥해 주시고 안방으로 들어가셨다.

은애는 바깥마당에 있는 감나무가 있는 곳으로 나왔다. 감을 딴 감나무에는 나뭇잎도 다 떨어져서 앙상했다. 어쩌다 한두 개 '까치밥'만이 달려 있었다. 은애는 차가운 바위에 앉아서 《데미안》을 다시 읽기 시작했다. 《데미안》을 읽을수록 싱클레어가 경험한 내적 갈등을 이해할 수가 있었다. 그동안 자신의 감정의 폭이 큰 것도 어른으로 가는 여정에서 생겨난 내적 갈등임을 알게 된 은애는 자신이 부쩍 큰 것 같아서 뿌듯함을 느끼면서 《데미안》을 덮었다.

가을날의 독서

25

야간자습

이젠 은애도 고3이다.

3학년이 되면서 은애는 중대장에서 대대장이 되었다. 연대장은 남학생인 김서진이 되었고 남학생 대대장에는 민윤수가 되었다. 여전히 월요일마다 하는 교련 조회도 이젠 익숙해졌다. 오히려 달마다 보는 모의고사가 더 신경이 쓰였다. 모의고사를 보고 나면 1등부터 50등까지 중앙현관에 붙여 놓았기 때문이다. 별명이 '추사체'라고 불리는 사회 선생님이 붓글씨로 쓴 이름과 등수는 다음 모의고사 성적이 나올 때까지 붙어 있었다.

"은애야! 모의고사 잘 봤냐?"

"그냥그냥 봤어. 그러는 너는 어떻게 봤어?"

"난 문제는 잘 봤는데 답은 그냥 찍었다."

"너희들 모의고사 잘 봤냐? 은애는 물론 잘 봤을 테고, 현정이도 적당히 점수가 나오겠지."

"그러는 너는?"

"뭘 물어보냐. 내가 찍은 만큼 점수가 나오겠지."

"찍은 만큼이 아니라 푼 만큼 점수가 나오는 것 아냐?"

"호호호. 난 푸는 것보나 찍어야 짐수가 질 나오디라. 오늘 모의고시도 봤는데 떡볶이랑 오뎅 먹고 갈까?"

"좋아. 다 먹고살자고 하는 공부잖아. 은애는 어때?"

"나도 좋아. 기분전환에는 매콤한 떡볶이가 최고지."

은애와 현정이, 미자는 책가방을 챙겨서 학교 앞에 있는 분식집으로 향했다. 이미 분식집에는 학생들로 가득 차서 기다렸다가 떡볶이와 오뎅을 먹을 수 있었다.

    1학기 중간고사가 끝나자 3학년만 교실 2개를 24시간 개방했다. 남학생들은 3-1반, 여학생들은 3-5반에서 야간자습을 하였는데 교실당 최대 인원은 30명이었다. 인원이 많으면 제대로 공부를 안 한다고 인원이 정해져 있어서 야간자습을 하려면 미리 신청해야 했다. 저녁 6시까지는 각 반에서 자습하다가 6시 이후부터 다음 날 아침까지는 정해진 교실에서만 야간자습을 할 수 있었다. 출석은 숙직하는 선생님이 체크를 했는데 3번 무단외출이나 결석하면 방출되었다. 은애도 야간자습을 신청해서 저녁은 집에 가서 먹고 아침은 도시락을 싸 와서 먹었다. 점심은 아랫집에 사는 1년 후배인 효숙이나 은철이가 가져다주었다. 잠은 딱딱한 교실 바닥에 담요나 이불을 깔고 잤다. 아직 5월이라서 자다 보면 으슬으슬 한기가 느껴져서 체육복 위에 두꺼운 잠바나 스웨터를 입고 잤다. 야간자습하는 교실은 24시간 불이 켜져 있어서 한쪽에선 공부하고 또 다른 쪽에선 잠을 잤다.

    초저녁잠이 많은 은애는 9시가 되기 전에 잠을 자고 새벽에 일어나서 공부했다. 구석진 곳에서 이불을 뒤집어쓰고 잠을 자던 은애는 새벽이 되면 저절로 눈이 떠졌다. 자리에서 일어나서 주위를 둘러보니 한 명만 공부하고 있었다. 은애는 옆에서 잠자고 있는 현정이에게 자신의 이불을 덮어 주고 교실을 나와서 수돗가로 갔다. 은애는 수돗가에 가서 얼굴을 씻고 기지개를 켰다. 그리고 수돗가 옆 벤치에 앉았다. 은애가 새벽의 공기에 취해 있을 때, 인기척이 나더니 윤수가 옆에 앉았다.

"너는 언제나 일찍 일어나더라."

"내가 일어나는 시간을 알고 있는 것을 보니 너도 일찍 일어나는구나?"

"난 어쩌다가 새벽에 일어나는데 그럴 때마다 너를 본 것 같아."

"난 일찍 자고 일찍 일어나는 것이 습관이 되었어."

"하하하. 아주 건강한 습관이네."

"그래서 언니들과 방을 같이 쓸 때 많이 싸웠어."

"그랬겠다. 공부는 잘되니?"

"모르겠어. 그냥 하는 거지."

"이런 말 해도 되는지 모르겠지만 서준이가 너를 많이 좋아했었다. 네가 집에 가는 시간에 맞추어서 자전거 타고 왔다 갔다 많이 했었다. 영화로 친다면 엑스트라 역할이었지."

"너도 고생 많이 했구나!"

"그래도 그때가 좋았다. 가끔 그 녀석이 생각이 나더라."

"서준이 덕분에 중학교를 재미있게 보낼 수 있었어. 그래서 서준이가 고마워."

"그 녀석도 너 때문에 행복했다고 하더라."

은애와 윤수는 밝아 오는 하늘을 쳐다보면서 말이 없다. 미국 하늘 아래에 살고 있는 서준이를 생각하면서 밀이다.

26

선생님들과 수박

1학기 기말고사 시험이 끝나서 곧 여름방학이 된다. 선생님들은 3학년에게 여름방학은 오로지 공부만을 위한 방학이 되어야 한다고 말씀하셨다. 방학 때 공부량에 따라서 개학 후 성적이 달라진다고 하니 안 할 수가 없다. 그래서 모기와 나방 등과 싸우면서도 책상에 앉아 있게 된다.

"아얏! 또 물었어."

모기는 체육복 바지 정도는 문제 될 것이 없다는 듯 은애의 다리를 물고 도망갔다. 은애는 체육복을 올려서 벌겋게 부어오른 곳에 침을 발랐다.

"은애야! 또 물렸냐?"

"응. 너는 모기가 안 무냐?"

"물론 나도 물지. 그래서 책상 밑에 모기향을 피웠더니 훨씬 덜 물어?"

"모기향은 냄새도 냄새지만 연기가 나서 가까이 피우면 눈이 매워."

"너는 아직도 모기한테 헌혈할 피가 충분한가 봐! 난 모기한테 금쪽같은 내 피를 한 방울이라도 나눠 주고 싶은 맘이 없거든. 한여름이라서 모기들은 더 강해지려고 피를 찾아서 동분서주하고 있잖아. 마치 드라큘라가 피를 찾아서 인간을 사냥하듯이 말이야."

"그럼 자리를 옮겨서 네 뒤로 가야지."

218   아카시아 향기

"아마도 그렇게 하는 게 좋을 거야."

특별히 야간자습하는 교실에는 방충망이 설치되어 있고 모기향이 2개씩 공급되었다. 모기향은 화재위험이 있으므로 야간자습하는 교실의 반장이 담당자로 정해졌다. 수현이도 5반의 반장이라서 모기향 담당이었다.

"반장! 공동물품을 개인이 사용하는 것은 횡령죄인 것 몰라?"

"미자야! 너는 날 어떻게 생각하고 그런 소리를 하는 거야? 이것은 내가 집에서 가져온 거야. 봐봐."

"정말 모기향이라도 다르네."

"난 공과 사는 확실히 구분해."

"미안해. 난 같은 모기향인 줄 알았어."

"그럴 수도 있지. 모기향 냄새와 연기는 구분하기 힘들잖아."

은애와 친구들이 모기와 모기향에 대하여 말하고 있을 때 교실 앞문이 '스르륵' 열렸다. 그러면서 시뻘겋게 된 국어 선생님의 얼굴이 보였다. 선생님은 교실 문턱을 넘기 직전에 뒤를 돌더니 뒷걸음으로 교실에 들어오셨다. 곧이어 국어 선생님을 따라서 사회 선생님이 얼굴에 힘을 주며 들어오셨다. 선생님들은 얼굴을 잔뜩 찡그리더니 힘껏 소쿠리를 교탁에 올려놓으셨다. 그리고는 허리를 펴면서 말씀하셨다.

"이놈들! 공부는 열심히 하고 있는가?"

"아따! 박 선생. 울 아이들은 너무 열심히 해서 문제인 것 모르겠소?"

"그렇지. 울 아이들은 착하고 공부도 열심히 하지. 그래서 내가 다른 학교에 가기가 싫은 거야. 하숙하더라도 난 울 아이들이 좋아서 이 학교에 있는 것이 아니겠소."

"나도 마찬가지여. 그래서 우리가 수박을 사 오지 않았나! 우리 이쁜 딸들아! 선생님들이 맛있는 수박을 사 왔으니 먹고 공부하자."

은애와 친구들은 우르르 교탁으로 모여들었다. 교탁에 놓여 있는 소쿠리에는 수박 6통이 시커먼 부엌칼과 들어 있었다.

"반장아! 교무실에 쟁반과 칼이 있으니 가져오거라. 쟁반은 있는 대로 다 가져오고 칼은 한 개만 가지고 오면 되겠다."

"알겠습니다. 은애야! 너도 함께 갈래?"

"물론이지. 가자."

은애와 반장은 교무실에 가서 5개의 쟁반과 칼을 가지고 왔다. 국어 선생님과 사회 선생님은 커다란 쟁반에 수박을 한 통씩 올려놓고 수박을 자르기 시작했다. 수박의 가운데를 자르자 빨간 속살이 드러났다. 저녁을 먹고 두세 시간이 지나서 출출하던 차에 수박은 꿀맛이었다. 정신없이 먹다가 배가 부르면서 먹는 속도도 느려지기 시작했다.

"녀석들! 엔간히 먹었나 보네. 먹는 속도가 느려지네. 한 통 남은 것도 자를까?"

"아니요."

은애와 친구들은 누구라도 할 것이 대답했다. 배를 두드리면서 먹어도 수박이 남았기 때문이다.

"수박에는 요렇게 검은 '씨'가 있어서 먹기가 불편하겠지만 이 '씨'가 좋은 땅에 심어져야 내년에도 맛있는 수박을 먹을 수 있는 거란다. 울 딸내미

아카시아 향기

들도 이 '씨'와 같으므로 좋은 땅을 골라서 뿌리를 내리면 되는 거야."

국어 선생님은 '수박씨'에 대해서 말씀하시더니 선생님 코에 까만 '씨'를 붙이셨다. 그랬더니 영락없는 심술쟁이 영감이 되었다. 은애와 친구들이 웃사 선생님도 따라서 웃으셨다. 이날 은애와 친구들은 국어 선생님과 사회 선생님 덕분에 수박을 실컷 먹을 수 있었다. 남은 수박은 남학생들한테 가져다주었다. 선생님들은 '레이디 퍼스트'라고 여학생들을 먼저 주고 다음 날에 남학생들에게 수박을 배달하셨다. 모기와 싸우면서 야간자습을 하던 때에 '한 소쿠리의 수박'은 모기향보다도 더 진한 고3의 추억으로 남았다.

27

학력고사 보는 날

내일이면 드디어 학력고사를 본다. 그동안 공부한 것을 검증하는 날이기도 하다. 3학년들은 점심을 먹고 2시까지 등교하라고 했다. 내일 천안에 가서 시험을 보기 때문에 간단한 세면도구와 갈아입을 옷을 챙겨서 집을 나서는 은애를 따라서 엄마도 바깥마당까지 나왔다.

"은애야! 긴장하지 말고 평상시처럼 봐."

"알겠어요. 아직은 괜찮은데 내일이면 떨릴 것 같긴 해요."

"은애야! 빨리 출발해야 시간 안에 도착할 수 있어."

아빠의 재촉하는 소리에 은애는 엄마한테 손을 흔들고 자동차를 탔다. 미리 히터를 틀어 놓았는지 자동차 안은 훈훈했다. 아빠는 천천히 언덕배기를 내려가더니 큰길로 나오자 속력을 내기 시작했다. 아빠가 속력을 낼수록 바깥 경치도 빠르게 지나갔다.

"넙죽아! 중요한 시험인 만큼 긴장되겠지만 차분한 마음으로 봐. 지금까지 잘해 왔으니깐 이번에도 잘할 수 있을 거야."

"알겠어요. 그런데 아빠는 언제까지 나를 '넙죽이'라고 부를 거예요?"

"앞으로도 '넙죽이'라고 부를 건데."

"내가 커서 결혼해도요?"

아카시아 향기

"물론이지. 아빠한테는 언제까지나 '넙죽이'란다. 이제 도착했다. 내일 시간 맞추어서 데리러 오마."

은애는 자동차에서 내려서 교실로 들어갔다. 은애를 보자 현정이와 미자, 진아가 왔다.

"드디어 내가 학력고사를 보는 날이 오다니 실감이 안 난다."

"미자야! 너도 그러니? 나도 그래."

"은애와 현정이는 어떠니?"

"난 덤덤해. 내일 막상 시험을 보면 어떨지 모르겠지만 아직은 잘 모르겠어. 은애 너는?"

"나도 그래. 내일이 되어야 알 수 있을 것 같아."

은애와 친구들이 이야기하고 있을 때 커다란 상자를 들고 담임 선생님이 교실에 들어오셨다. 선생님은 출석을 부르고 '수험표'를 확인해서 나누어 주시더니 상자 안에서 포장된 것을 한 명씩 호명하면서 건네주셨다. 포장지 안에는 요구르트와 초코파이, 엿이 들어 있었다. 선생님은 '정' 있는 따뜻한 반이 되자고 하면서 가끔가다 초코파이를 돌리곤 하셨다.

"내일 시험 볼 때 어려우면 다른 수험생들도 어려우니깐 포기하지 말고 차분하게 시험을 보기 바란다. 알겠나!"

담임 선생님은 역사 선생님으로 53세 남자 선생님이시다. 종례 후 은애와 친구들은 운동장에서 대기하고 있는 버스에 올라탔다. 남학생은 100명이 시험을 보고 여학생은 60명이 시험을 본다. 그래서 4대의 버스에 나눠서 탔다. 은애와 친구들이 버스에 타자 1, 2학년 학도호국단 후배들이 준비한 엿과 잡쌀떡을 나눠 줬다.

"선배님들! 그동안 고생 많이 하셨습니다. 내일은 선배님들의 날이니깐 초전박살 내고 오십시오."라고 인사를 하면서 배웅해 주었다.

천안에 있는 숙소까지는 1시간 30분 걸려서 도착했다. 방은 7~8명이 함께 자도록 배정되었다. 현정이와 진아는 옆방으로 배정되었고 은애와 미자는 같은 방으로 배정되었다.

"와! 방이 생각보다 넓다. 마치 수학여행 온 것 같아." 아이들은 짐을 내려놓으면서 방부터 살폈다. 편한 옷으로 갈아입은 은애와 친구들은 식당으로 가서 저녁을 먹었다. 여학생들이 먹고 나자 남학생들이 식당으로 들어왔다. 은애와 친구들은 방에 들어와서 누가 어디에 잘 것인지 '가위바위보'로 정하기로 하였다. 1번은 창가 쪽으로 혼자서 이불을 덮고 2번부터 마지막 7번까지는 둘씩 함께 이불을 덮기로 정하였다.

'가위바위보' 해서 먼저 진 사람이 7번이 되기로 했는데 은애가 제일 먼저 졌다.

"야! 조은애. 7번은 행운의 번호인 것 알고 일부러 진 것 아니야?"

"가위바위보를 마음대로 조정하다니 정말 놀랍지 않아? 그럼 내가 능력자네."

"하여간 은애한테 말은 못 당한다니깐. 자 그럼 은애는 빠지고 다시 '가위바위보' 하자."

반장의 말에 아이들은 '가위바위보'를 했다. 한 명씩 순위가 결정되고 나중에 반장과 미자만 남았다. 서너 번의 '가위바위보' 끝에 '보'를 낸 미자가 '주먹'을 낸 반장을 이겼다.

"야호! 신난다. 내가 반장을 이겼어."

아카시아 향기

"너는 밥만 먹고 '가위바위보'만 했냐. 왜 이렇게 잘하냐!"

반장은 손을 털면서 미자한테 당할 수 없다는 손짓을 했다.

이불을 깔고 잠자리에 누우니 정신이 말똥말똥해진 은애는 가방에서 암기과목인 사회프린트를 꺼내서 보기 시작했다.

"너는 지금 공부가 되냐?"

어느새 창가에 있던 미자가 은애 옆으로 와서 누우며 말을 걸었다.

"정신이 말짱한데 그냥 있는 게 더 힘들다. 뭐라도 읽다 보면 잠이 들겠지."

"그래도 자기에는 너무 이른 시간이잖아."

"난 '초저녁잠'이라서 일찍 자잖아."

은애와 미자를 포함해서 방 안의 아이들이 누워 있을 때 노크 소리가 나더니 방문이 열렸다.

"울 딸내미들 잘 있나 보러 왔더니 벌써 잠자리에 들었네. 앞으로 30분 후에 소등하니깐 화장실에 다녀올 사람들은 퍼뜩 다녀와라."

담임 선생님은 잠자리에 든 아이들을 둘러보더니 웃으며 방문을 닫았다. 누워 있던 아이들은 화장실에 가거나 물을 마시러 나갔다. 낯선 환경이라서 그런지 아니면 예민한 상황이라서 그런지 은애는 도중에 잠을 깼다. 주위를 살펴보니 친구들이 자고 있어서 다시 잠이 들긴 했어도 선잠을 잤다. 은애와 친구들이 아직 잠자리에 있을 때 누군가 깨우는 소리가 났다.

"딸내미들! 잘 잤나. 6시 30분까지 식당으로 가서 아침밥을 먹어야 하니깐 일어나거라."

담임 선생님들은 방마다 돌아다니면서 잠자고 있는 학생들을 깨우러 다니셨다. 은애와 친구들도 일어나서 세수하고 식당으로 내려갔다. 아침밥은 제육볶음과 된장국이었다. 점심은 버스를 타고 와서 이 식당에서 먹는다고 하였다. 시험장소와 식당은 버스로 6분 남짓 걸렸다. 시험장소인 학교 운동장에 도착하니 비로소 실감이 났다. 운동장에는 이미 도착한 버스들도 있었고 뒤이어 들어오는 버스들도 있었다. 드디어 은애와 친구들은 배정된 교실로 입실했다. 같은 학교에서 온 학생들은 2~3명을 제외하고는 모두 다른 교실에 배정되었다.

　은애의 자리는 중앙의 한가운데로 뒤에는 장작 난로가 있었다. 춥지 않아서 다행이라고 생각하면서 자리에 앉았던 은애는 시간이 갈수록 더운 난로의 열기로 집중이 안 되었다. 코트를 벗어도 더웠다. 1교시가 끝나고 쉬는 시간에 수돗가에 가서 세수해도 여전히 더웠다. 은애가 빨개진 얼굴을 양손으로 감싸고 있을 때, 난로에 장작을 넣으려던 감독 선생님이 보셨다.
"학생. 너무 더운가?"
은애가 빨갛게 달아오른 얼굴로 고개를 끄떡이자 감독 선생님은 난로에 넣으려던 장작을 다시 제자리에 놓으셨다.
"오늘은 컨디션이 아주 중요한데 너무 더운 것 같구나."
감독 선생님은 맨 앞자리에 있는 책상들이 최대한 앞으로 올 수 있도록 당기셨다. 은애의 책상도 앞쪽으로 가게 되어서 난로와의 거리가 다소 멀어지게 되었다. 그리고 장작도 반만 넣으셨다. 2교시에 시작하는 종이 울리자 아까 그 선생님이 감독 선생님으로 들어오셨다. 은애는 그 선

　　　　　　　　　　　　아카시아 향기

생님을 보는 순간 마음이 안정되었다. 그러면서 3교시와 4교시도 무탈하게 시험을 볼 수 있었다.

저녁때가 되어서 모든 시험이 끝났음을 알리는 종이 울리자 교실에서 나올 수 있었다. 한꺼번에 교실을 나가려는 수험생들로 인해서 교실은 복잡했다. 중간 자리에 앉아 있던 은애는 수험생들이 어느 정도 교실에서 나가서야 움직일 수가 있었다. 은애는 터벅터벅 타고 왔던 버스로 갔다. 버스 앞에는 담임 선생님들이 나오셔서 돌아오는 학생들을 반갑게 맞이해 주고 있었다.

"조은애! 수고했다."

"감사합니다."

"시험은 잘 봤겠지?"

"잘 모르겠어요."

"그럼 됐어. 어여 버스에 타거라."

버스 안은 이미 와 있는 학생들로 떠들썩했다. 은애가 버스에 타자 현정이가 반갑게 손을 흔들었다.

"은애야! 시험은 잘 봤냐?"

"응. 시험은 아주 잘 봤어. 프린트가 잘되어 있어서 문제가 잘 보이던데."

"농담하는 것을 보니 시험을 잘 봤구나!"

"그랬으면 좋겠다."

곧이어 미자와 진아도 버스를 탔다. 담임 선생님들이 학생들 명단을 확인하자 버스는 어제 떠나온 고등학교를 향해서 출발했다.

졸업사진

아카시아 향기

Ⅲ부

집으로부터의
독립

1

하숙집 신입생 환영회

은애는 대학생이 되었다.

대학은 서울에 있는 영문과로 진학했다. 서울에는 큰아버지와 고모들이 살고 있지만 학교와 가까운 곳에서 하숙하게 되었다. 2명의 2학년과 4명의 1학년이 있는 여학생 전용 하숙집이다. 2학년 중 김미숙 선배는 국문과에 다니고 노영자 선배는 경영학과에 다니고 있다. 김미숙 선배는 말이 없고 조용한데 노영자 선배는 활달하고 마당발이라서 아는 사람도 많았다. 1학년 중 이영아는 철학과이고 박보애는 사학과에 다니고 있다. 은애는 서양화과에 다니는 방진주와 방을 쓰게 되었다. 하숙집 할머니는 작년에 할아버지가 돌아가시자 적적해서 하숙을 시작하게 되었는데 이쁜 손녀들이 많이 생겨서 좋다고 하셨다. 방은 둘이서 함께 쓰는데 책상과 비키니 옷장을 들여놓으면 잘 공간이 빠듯했다.

"진주야! 너는 같은 옷이라도 변화를 주면서 멋지게 입는 것 같아."

"그렇게 말해 줘서 고마워. 나는 말이지 어제 입은 옷을 오늘도 똑같이 입는다고 생각하면 짜증이 나. 작년까지 교복을 입었잖아. 난 그게 그렇게 싫었어. 그래서 교복 치마 길이나 폭을 줄이면 어김없이 학생부 선생님한테 혼났었어. 그래서 마음대로 옷을 입을 수 있는 지금이 얼마나 좋

아카시아 향기

은지 몰라."

은애와 진주가 '옷'에 대하여 이야기하고 있을 때 풍경소리가 들렸다. 풍경소리는 식사하라는 신호로 하숙집에서는 종 대신에 풍경을 사용하고 있었다.

"얼른 가자. 환영회가 시작되었나 봐."

은애와 진주가 하숙집 거실로 가 보니 2학년 선배들이 열심히 음식을 나르고 있었다.

"저희가 무엇을 도와드리면 되나요?"

"다 해서 할 것 없어. 얼른 자리에 가서 앉아."

차려진 상에는 불고기, 닭볶음탕, 고등어구이 등 그야말로 진수성찬으로 차려져 있었다. 뒤따라 들어오던 이영아가 잘 차려진 상을 보자 한마디 했다.

"우와! 육, 해, 공군이 다 집합했네요. 오늘은 전투적으로 먹어 보겠습니다."

이영아가 너스레를 떨면서 앉자 2학년 선배들도 와서 자리에 앉았다.

"우리 할매가 후배들이 들어왔다고 맛난 것 많이 했네."

안경을 낀 김미숙 선배가 차려진 상을 보더니 웃으면서 말했다.

"그러게. 작년보다 더 풍성한 것 같아."

노영자 선배도 김미숙 선배의 말에 맞장구를 쳤다.

"작년에는 멋모르고 하숙해서 잘 몰랐제. 그래서 이번에는 제대로 된 환영회를 해 주려고 신경을 썼제."

하숙집 할머닌 커다란 주전자를 들고 오시더니 상에 올려놓으셨다.

"우리 하숙집의 규칙은 음주와 흡연 그리고 남학생을 데리고 오면 바로 방을 뺀다는 것은 다들 알고 있제? 그러나 오늘은 음주만큼은 괜찮아. 내가 막걸리를 한 잔씩 따라 줄 거야. 그럼 1학년 아가들 먼저 따라 주마."

할머니는 은애와 진주, 영아, 보애에게 막걸리를 따라 주시고 영자, 미숙 선배들한테도 따라 주셨다. 할머니는 영자 선배가 따라 드렸다.

"이렇게 만난 것도 인연이니깐 잘 지내보자. 밥은 맛있게 해 줄 자신이 있으니 눈치 보지 말고 마음껏 먹어도 돼. 알았제? 그럼 우리 건배하자."

하숙집 할머니의 건배 제의에 일제히 들고 있는 막걸리를 마셨다. 어느새 술이 거나하게 취한 할머니는 이미자의 〈동백 아가씨〉를 부르시고 하숙생들은 할머니의 노랫소리에 장단을 맞추면서 흥을 돋웠다.

"내가 제일 좋아하는 노래가 이 〈동백 아가씨〉야. 영감이 살아 있을 땐 내가 자주 불러 주었지. 영감도 이 노래를 좋아했거든."

할머니는 할아버지가 그리운지 주전자에 있는 막걸리를 따라서 벌컥벌컥 마셨다. 그런 할머니를 보고 있자니 은애는 엄마가 보고 싶어졌다. 엄마도 이미자의 〈동백 아가씨〉를 좋아해서 자주 불렀기 때문이다. 이날 하숙집 신입생 환영회는 맛난 음식으로 풍성했다.

2

최루탄과 철학 시간

오늘도 학교에 들어서니 자욱한 연기에 눈물이 나면서 코를 찌르는 듯한 냄새가 났다. 은애는 얼른 손수건으로 코와 입을 막아 보지만 재채기가 사정없이 나왔다. 작년까지는 TV를 통해서 대학생들의 시위 운동과 이를 제지하는 경찰들을 봤었는데 대학생이 된 지금 1주일에 한두 번은 직접 보고 있다. 은애는 코를 막고 있던 손수건으로 눈물을 닦고 대강당으로 들어갔다. 지금은 교양과목으로 철학 시간이다. 인문대학 학생들이 듣는 교양강의이므로 수강하는 학생들이 많았다. 은애는 아무리 찾아도 빈자리가 없어서 계단이라도 앉으려고 할 때 누군가 자신을 부르는 소리에 두리번거렸다. 뒷자리에서 난희가 손을 흔들고 있었다.

"은애야! 여기야. 이리로 와."

난희는 은애가 오자 의자에 놓여 있는 책과 가방을 치웠다.

"여기에 앉아."

"고마워. 일찍 왔구나."

"응. 저번 주에는 앉을 때가 없어서 계단에 쪼그리고 앉아 있었더니 엉덩이가 아프더라. 그래서 일찍 와서 자리를 맡았지. 너도 자리 찾아 삼만리너라."

"용케 봤구나. 자리가 없어서 계단이라도 앉으려고 했어."

"앞으로 일찍 오는 사람이 자리를 맡아 주기로 하자."

"좋은 생각이야. 그렇게 하자."

자리에 앉은 은애가 가방에서 노트와 볼펜을 꺼내자 교수님이 들어오셨다. 교수님은 작달막한 키에 도수 높은 안경을 쓰고 위아래 양복을 입고 멋진 넥타이를 매고 있었다. 그런데 흰 운동화가 눈에 '확' 들어왔다.

"은애야! 저 교수님 말이야. 멋지게 양복을 입고 왜 흰 운동화를 신고 있는지 정말 궁금하다. 보통 구두나 단화를 신지 누가 운동화를 신냐?"

"그래서 '괴짜 교수님'이라고 하잖아."

은애와 난희가 교수의 패션에 대하여 말을 하고 있을 때 강의를 시작하는 마이크 소리가 났다. 교수는 마이크를 손으로 '툭툭' 쳐서 볼륨을 확인하고 나서 강의를 시작했다.

"오늘도 정문에 들어서자 최루탄 가스로 인하여 콧물 눈물 다 빼고 들어왔습니다. 여러분들은 1학년이라서 최루탄 가스가 익숙하지 않고 선배들의 시위 운동에 대하여도 잘 모를 겁니다. TV나 매스컴을 통해서 방영된 것은 극히 일부분이고 그 이상으로 꽃다운 젊은이들의 희생이 있었습니다. 학교에서 끌려가는 학생들도 보았고 강의도 할 수가 없었습니다. 그나마 올해 들어서 캠퍼스가 안정되어서 다행입니다. 제가 여러분한테 이런 말을 하는 것은 학생 운동에 대하여 강의하려는 것이 아닙니다. 학생 운동에 사용된 최루탄에 대하여 말을 하려고 합니다. 처음으로 최루탄을 만든 사람은 목적이 있어서 만들었을 겁니다…."

아카시아 향기

교수님의 강의는 쉬는 시간 없이 이어진 강의임에도 불구하고 2시간이 금방 지나갔다.

"오늘 강의는 여기까지입니다. 그럼 다음 주에 만납시다."

강의가 끝나서 학생들이 자리에서 막 일어나기 시작할 때였다.

"잠깐! 그런데 여러분과 제가 다음 주에 다시 만날 것이라고 어떻게 확신할 수 있나요? 여러분과 제가 다음 시간에 만나자고 약속해도 지키지 못할 수도 있잖아요. 좋은 일이든지 그렇지 못한 일이든지 사정이 생기면 만날 수가 없잖아요. 그러니 사랑한다고 말을 하거나 용서할 일이 있으면 바로 실천해 옮기세요. 바로 당장 하세요. '지금'이 중요한 이유입니다. 이젠 진짜 수업을 마치겠습니다."

교수님의 말에 학생들은 박수로 화답했다. 은애는 자신의 깊은 내면에서 작은 소용돌이가 꿈틀거리는 것을 느꼈다. 그동안 생각해 본 적이 없던 것을 교수님이 일깨워 주었기 때문이다. 이후로 교수님은 생각에 생각을 거듭할 수 있도록 질문을 던졌고 생각할 수 있는 시간이 되도록 강의하셨다. 날이 갈수록 이 교수님의 강의는 학생들의 입소문을 타고 명강의로 이름을 날리게 되었다.

3

첫 미팅

처음으로 은애는 미팅하게 되었다. 그것도 하숙생 단체미팅을 말이다. 하숙집 노영자 선배가 정말 괜찮은 사람들만 골랐으니깐 꼭 해야 한다고 해서 반강제로 미팅에 나가게 되었다.

"부담가질 것 없어. 그냥 나가기만 하면 돼. 그러다가 괜찮은 사람이면 사귀면 되잖아. 금값인 1학년 때 미팅해야지 학년이 올라갈수록 미팅도 안 들어와."

미팅 장소는 요즘 가장 인기 있는 음악다방에서 오후 3시에 만나기로 했다. 은애와 친구들은 나름 멋지게 차려입고 하숙집을 나섰다. 단연 진주가 옷을 가장 멋지게 입었다. 진주는 요즘 가장 인기 있는 어깨를 강조한 역삼각형 스타일로 입었고 영아는 여러 개의 옷을 자연스럽게 겹쳐서 입었다. 보애는 캐주얼 스타일로 편하게 옷을 입었고 은애는 진으로 위아래를 맞추어서 입었다.

"너희들처럼 멋진 아이들은 없을 거야."

미팅을 주선한 노영자 선배는 은애와 친구들을 보더니 만족스럽다는 듯이 웃었다.

아카시아 향기

미팅 장소는 버스로 15분 거리에 있었다. 음악다방에는 DJ가 신청받은 곡들을 틀어 주고 있었다. 노영자 선배는 손을 흔들고 있는 곳으로 거침없이 가더니 오라고 손짓했다. 진주가 당당하게 앞장서고 그 뒤로 은애와 친구들이 따라갔다.

"자! 이쪽에 앉아. 여기 이쁜 숙녀들은 우리 하숙집 동생들이야."

"안녕하세요! 만나서 반갑습니다. 저는 노영자 남자 친구 마한대입니다. 이 사람들은 저와 함께 하숙하고 있는 후배들입니다. 여기저기에서 미팅시켜 달라고 난리인데 정말 괜찮은 녀석들만 뽑아서 오늘 데리고 왔습니다. 좋은 시간을 보내셨으면 합니다."

"뭘 서론이 그렇게 길어. 우린 얼른 빠져 주는 게 예의지."

노영자 선배와 남자 친구는 인사를 하고 얼른 자리를 떠났다.

그러자 어색한 침묵이 잠시 흘렀다.

"아무래도 누군가가 나서야 할 것 같은데 제가 총대를 메겠습니다. 우선 돌아가면서 자기소개를 하는 것이 좋을 것 같습니다. 그럼 저부터 소개하겠습니다. 안녕하세요! 저는 철학과 1학년 박민우입니다. 만나게 되어서 반갑습니다."

이어서 건축학과 백관우, 경영학과 김남수, 기계공학과 황수복이 자기소개를 하였다. 진주를 시작으로 은애, 영아, 보애의 소개도 끝났다.

"이젠 짝을 결정해야 하는데요. 저희 소지품 중에서 마음에 드는 것을 골라서 결정하는 것은 어떻습니까?"

은애와 친구들이 찬성하자 예상이라도 했듯이 준비한 소지품을 테이블에 올려놓았다. 테이블에는 열쇠, 손수건, 라이터, 만년필 등이 있었다.

은애와 친구들은 각자 마음에 드는 것을 골랐는데 은애는 만년필, 진주는 손수건, 영아는 라이터, 보애는 열쇠를 선택했다. 곧 소지품 주인이 밝혀졌는데 만년필은 백관우, 손수건은 박민우, 열쇠는 김남수, 라이터는 황수복 것이었다.

커플이 정해지자 각자 좋은 시간을 보내기 위해서 음악다방에서 나와 헤어졌다. 은애와 관우는 거리를 걸었다.

"왜 만년필을 선택했어요?"

"저도 만년필이 있어서 선택한 것 같아요."

"선물 받았나요?"

"국민학교 졸업할 때 오빠한테 선물 받았어요."

"아 그랬군요. 좋은 선물을 일찍 받았네요. 저는 대학교 들어오면서 아버지가 사 주셨어요. 그럼 만년필 주인이 저라는 것을 알고는 어땠어요?"

"솔직히 아무 생각이 없었어요."

"조금 섭섭한데요. 저는 처음부터 은애 씨와 커플이 되었으면 좋겠다고 생각했거든요."

"왜요?"

"은애 씨가 음악다방에 들어오는데 왠지 마음이 끌렸어요. 그래서 다른 사람과 커플이 될까 봐 조마조마했는데 은애 씨가 만년필을 잡는 것을 보고 정말 기뻤습니다. 암튼 은애 씨와 커플이 되어서 좋습니다."

은애와 관우는 거리를 걷다가 마음에 드는 음악다방에 들어갔다. 음악다방에서 DJ에게 음악을 신청하고 비엔나커피를 마셨다. 이후로 이 음악다방은 은애와 관우의 아지트가 되었다. 관우가 군대 가기 전까지.

아카시아 향기

오늘도 철학 강의를 듣고 나서 헐레벌떡 음악다방에 들어선 은애는 두리번거리며 누군가를 찾고 있다. 관우는 제일 후미진 곳에 앉아서 성냥으로 무언가를 열심히 쌓고 있었다.

"내 예상이 빗나가지를 않네. 이럴 줄 알았어."

"그냥 있으면 심심한데 성냥으로 탑을 쌓으면 시간 가는 줄 모르겠더라."

"오! 오늘은 탑이 아니라 집을 지었네."

"어때? 괜찮아."

"응. 멋져. 실제로 이런 집을 지어도 괜찮을 것 같아."

"나중에 이런 집 지어 줄까?"

"언제?"

"대학 졸업하고 취직해서 돈 벌면 지어 줄게."

"10년 뒤의 일이네. 그때 나는 뭐 하고 있을까?"

"네가 하고 싶은 일을 하고 있겠지."

"영문과는 취업이 잘된다고 해서 들어오긴 했는데 모르겠어. 내가 하고 싶은 일이 무엇인지 아직 모르겠지만 난 가슴이 뛰는 일을 하고 싶어."

"아직 시간이 있으니깐 천천히 찾아봐."

은애와 관우는 음악다방에서 음악을 들으며 비엔나커피를 마시면서 금요일 저녁의 시간을 보냈다. 다음 날 토요일엔 4쌍의 커플이 버스를 타고 딸기밭으로 데이트 갔다. 딸기밭은 입장료만 내면 온종일 딸기를 먹을 수 있어서 인기 있는 데이트 장소였다. 도착해 보니 벌써 많은 커플이 와 있었다. 좋은 날씨 속에서 이루어진 딸기밭 데이트는 더할 나위 없이 즐거웠다.

4

진주 이모네 양장점

1학기 시험이 끝났다. 4지 선다형에 익숙한 은애는 시험지를 받아 보고 적잖이 당황했다. 시험은 객관식이 아니라 주관식이라는 말은 들었어도 막상 시험 문제를 받아 보니 막막했다. 그중에서 가장 난처한 과목은 철학이었다. 오픈 테스트이므로 책과 노트를 보고 시험을 본다고 해서 걱정 안 했는데 생각보다 가장 힘들었다. 은애는 어제까지 시험을 봐서 힘들었는지 오늘은 하숙집에서 꼼짝도 안 하고 있다.

"은애야! 오늘은 관우 안 만나니?"

"관우는 MT 갔어. 내일 온대."

"너네는 언제 MT 가니?"

"우린 다음 주에 가기로 했어. 너네는?"

"우리도 다음 주에 간대. 그나저나 오늘 뭐 할 거야?"

"보시다시피 난 뒹굴뒹굴할 예정이야. 할 일도 없고."

"이모 양장점에 갈 건데 너도 갈래?"

"왜 가는 건데?"

"엄마가 이모한테 부탁한 옷감이 왔다고 해서 가지러 가는 거야. 양장점에 가면 이쁜 옷감들도 많아."

"궁금하긴 하다. 예전에 엄마도 우리 옷을 만들어 주셨거든."

　은애와 진주는 지하철로 20분 거리에 있는 진주 이모네 양장점에 갔다.
"이모. 하숙집에서 나랑 방을 쓰고 있는 조은애야."
"안녕하세요! 조은애입니다."
"잘 왔다. 우리 진주한테서 이야기는 많이 들었다. 옷감이 많지?"
"네. 저는 이렇게 많은 옷감은 처음 봐요."
"그럴 거야. 천천히 구경해도 돼."
"은애야! 이것이 요즘 가장 유행하는 옷감이래."
"우와! 정말 좋다. 이걸로 옷을 만들면 정말 이쁘겠다."
"너는 그런 생각이 드니? 난 옷감이 이쁘다고만 생각했는데."
은애와 진주가 옷감을 둘러보고 있을 때 진주 이모가 불렀다.
"진주야! 이모 좀 도와주겠니?"
"뭘 도와드려요?"
"이 치마에 맞는 옷감을 고른다면 어떤 색깔이 좋을 것 같아?"
"보색대비로 옷을 만들면 어때요? 치마가 보라색이니깐 블라우스는 노
란색으로 하면 경쾌하고 멋질 것 같아요."
"그럼 너무 튀지 않을까?"
"개성을 추구하는 사람들이라면 좋아할 것 같아요. 똑같은 옷보다는 남
들과 다른 옷을 입는다는 즐거움이 있잖아요."
"좋았어. 너의 의견을 반영해서 그렇게 만들어 보마. 그리고 이 잡지를 보
고 옷을 만들려고 하는데 온통 영어로 쓰여 있어서 뭔 말인지 모르겠다."
"이모. 은애가 영문과 다니고 있으니 은애한테 물어보시면 돼요."

"그렇구나. 은애야! 이 내용을 알려 줄 수 있겠니?"

은애는 진주 이모한테 책의 내용에 대하여 자세하게 설명해 드렸다. 우리나라에는 아직 옷을 만드는 전문적인 서적이 없어서 외국 서적을 참고했기 때문이다. 진주 이모는 양장점을 다른 날보다 일찍 닫고 진주와 은애를 데리고 경양식당에 가서 돈가스를 사주셨다. 이후로 은애는 진주 이모네에 자주 놀러 갔다. 진주 이모는 새로운 책이 생기면 책 번역을 은애에게 부탁하셨다. 물론 공짜는 아니고 두둑하게 용돈을 챙겨 주셨다.

MT

아카시아 향기

5

포장마차 데이트

　은애는 관우와 오랜만에 포장마차에 왔다. 관우는 하숙집에서 나와서 본가로 들어가서 강의가 끝나면 집에 가기 바빴다. 같은 서울인데도 학교에서 관우네 집까지는 1시간 30분 정도 걸렸다. 관우가 1학년을 마치고 군대에 가는 줄 알았던 관우네 부모님이 하숙집에서 짐을 빼서 집으로 가져갔는데 관우가 2학년까지 마치고 간다고 버티고 있기 때문이다. 그런데다 관우네가 새집을 짓고 있어서 주말에도 좀처럼 시간을 내기가 어려웠다. 은애는 관우와 자주 못 만나자 진주 이모네 양장점으로 출근하다시피 했다. 처음엔 심심해서 시간을 때울 목적으로 양장점에 갔다. 그러다가 진주 이모가 책 번역을 부탁해서 가게 되었고 이젠 옷을 만드는 과정을 보기 위해서 가게 되었다.

　오랜만에 가니 포장마차 아줌마도 은애와 관우를 반기셨다.
"하도 안 와서 둘이 헤어진 줄 알았지."
"설마 저희가 헤어졌겠어요."
"그럼 그동안 왜 못 왔어?"
"무엇보다도 제 잘못입니다. 제가 바빠서 만날 수가 없었습니다."

"아무리 바빠도 여자 친구는 만나야지?"

"이모님 말씀 명심하겠습니다. 그런 의미에서 오늘 맛있는 것 주세요."

"뭘 먹고 싶은지 주문해야 주지."

"은애야! 뭐 먹고 싶어?"

"해물파전과 가락국수 먹고 싶어."

"좋아. 그리고 소주도 한잔 마실까?"

"소주면 닭똥집도 있어야지. 아줌마! 닭똥집도 주세요."

"우선 해물파전 먹고 있으면 다른 것도 해 줄게."

은애와 관우는 뜨거운 해물파전을 간장에 찍어서 서로를 먹여 주었다.

"그동안 너는 어떻게 지냈어?"

"난 여기저기 미팅하면서 지냈지?"

"조은애가 나를 두고 다른 남학생을 만났다고?"

"응. 그러니깐 금방 시간이 가던데."

"뻥 치는 것 알아. 미안해. 그동안 신경을 못 써 줘서."

"바빠서 그랬는데 어쩔 수 없지. 집은 다 지었어?"

"응. 마무리만 하면 돼."

"둘이 오랜만에 오더니 애틋하네. 닭똥집과 소주 먹고 있으면 가락국수
해 줄게."

"고맙습니다. 언제나 먹어도 맛있어요."

아줌마는 닭똥집과 소주 그리고 잔 2개를 테이블에 놓고 가더니 연탄불
을 갈았다.

"우리 건배하자. 우리의 젊음과 사랑을 위해서."

아카시아 향기

은애와 관우는 소주를 원샷 했다. 은애가 놀라서 쳐다보니 관우가 별것 아니라는 듯 어깨를 으쓱해 보였다.

"너 술 못 마시잖아. 그런데 소주를 원샷 하네."

"나 술 늘었어. 힘든 막일 하니깐 술을 먹게 되더라. 그래서 소주 서너 잔은 마실 수 있게 됐어."

"장하다! 우리 관우. 이제야 술맛을 알게 되었구나."

"놀리지 말고. 그리고 보면 너는 나보다 술을 잘 마시긴 해."

"난 소주 한 병까지는 마실 수 있으니깐 너보다는 잘 마시지."

오랜만에 만난 은애와 관우는 모처럼 포장마차 데이트를 즐겼다. 아줌마는 은애와 관우가 술을 거의 마셔 갈 무렵 따끈하게 가락국수를 말아 주셨다.

포장마차 데이트

6

또 다른 이별

2학년 1학기 종강 시험이 끝나고 관우가 군대에 갔다. 관우는 2학년을 마치고 군대에 가고 싶어 했는데 관우의 아버지가 신청해서 신체검사를 받고 현역으로 가게 된 것이다. 공교롭게도 관우가 입영통지서를 받은 다음 날 은애와 만나기로 약속되어 있었다. 아무것도 모르는 은애는 약속한 음악다방에 가서 자리에 앉았다. 관우가 자주 기다렸던 테이블에 앉아 있으려니 DJ가 멘트와 함께 〈입영전야〉 노래를 틀어 주었다. 은애는 또 누군가 군대에 가는 것으로 생각하고 탑을 쌓으려고 성냥을 집었을 때 DJ가 전화 왔음을 알려 주었다. 은애는 당황하면서 DJ가 전해 주는 전화를 받았다.

"은애야! 미안해. 갑자기 일이 생겨서 못 나가게 되었어."

"무슨 일이 생긴 거야?"

"응. 급한 일이 생겼어."

"별일 없는 거지?"

"당연하지."

"그러면 됐어. 너한테 무슨 일이 생긴 줄 알고 걱정했는데 아니면 됐어."

"미안. 대신 다음에 만나자. 그땐 맛있는 것 사 줄게."

"그땐 내가 살게."

"알았어. 그럼 다음에 보자. 음악다방에서 비엔나커피를 마시면서 음악 듣고 놀다 들어가."

"내 걱정은 말고 다음에 봐."

은애가 전화기를 DJ에게 건네주고 자리에 앉자마자 비엔나커피가 테이블에 놓였다.

"저 아직 커피 안 시켰는데요?"

"이것은 관우 씨가 부탁한 거예요. 그러니 걱정하지 말고 드세요."

은애는 흘러나오는 노래를 들으며 비엔나커피를 마셨다. 커피를 마시던 은애는 돌연 이상한 생각이 들었다. 지금까지 관우는 아무리 급한 일이 생겨도 은애와의 약속은 꼭 지켰었다. 양해를 구하고 일찍 들어가는 한이 있더라도 나왔던 관우였다. 생각해 보니 전화기 너머로 들리는 관우의 목소리도 여느 때와 달리 차분하고 무언가 감추고 있는 것 같은 느낌이 들었다.

은애는 부랴부랴 커피를 마시고 음악다방을 나와서 하숙집으로 향했다. 그리고 노영자 선배의 방을 노크했다. 노영자 선배는 워낙 바빠서 아침밥을 먹을 때 외에는 보기가 힘들었다. 이번 주에는 농활로 지방에 내려간다는 이야기를 들어서 조마조마한 마음으로 문을 두드렸는데 다행히 안에서 인기척이 났다.

"누구야?"

"은애인데 잠깐 들어가도 돼요?"

"물론이시. 들어와."

은애는 조심스럽게 문을 열고 들어갔다. 책상에서 무언가를 열심히 쓰고 있던 노영자 선배는 의자에서 일어나 방바닥에 앉았다.

"은애가 웬일로 나를 찾아왔지? 무슨 일 있어?"

"좀 물어보고 싶은 게 있어서요."

"물어보고 싶은 게 뭔데?"

"관우가 조금 이상한 것 같아요. 지금까지 약속하면 무슨 일이 있어도 꼭 나왔는데 오늘은 나오지도 않고 전화만 했어요. 목소리도 다른 때와 달리 너무 차분했고요."

"은애가 관우의 여자 친구가 맞긴 하구나."

"무슨 뜻인지 모르겠어요."

"사실은 관우가 너한테 말하지 말라고 했는데 이렇게 된 이상 말을 안 할 수가 없구나. 관우가 군대 가. 어제 입영 통지받고 관우가 내 남자 친구한테 찾아왔다고 하더라. 마한대는 군대를 다녀왔기 때문에 관우의 마음을 잘 알고 있더라. 관우는 2학년까지 마치고 군대에 가려고 했는데 생각보다 입영통지서가 일찍 나와서 당황스럽다고 하더래."

"사실대로 말해 줘서 고마워요."

"그럼 앞으로 어떻게 할 거야?"

"관우한테 연락이 올 때까지 기다리겠어요. 생각이 정리되면 관우가 연락하겠죠."

"그게 좋겠다. 관우에게도 정리할 시간을 주는 것도 괜찮은 것 같아. 힘들면 언제든지 찾아와. 내가 술 한잔 살 테니깐."

은애는 노영자 선배의 방을 나와서 거리를 거닐었다. 여름의 거리는 사람들로 붐볐다. 은애는 목적지 없이 계속 앞으로 걸었다. 아무 생각 없이 걷는 은애 옆으로 짐을 실은 자전거가 지나갔다. 자전거에 잔뜩 실려져 있는 짐만큼 그 사람의 삶도 힘겨우리라는 생각이 들었다. 계속 앞으로 걸어가던 은애는 발길을 멈추고 주위를 둘러보았다. 사람들은 방향만 다를 뿐 다들 바쁘게 어디론가 걸어가고 있었다. 은애는 되돌아서 왔던 길로 다시 걸어가기 시작했다. 하숙집이라는 목적지를 향해서.

은애는 조바심이 나도 꾹 참고 관우가 먼저 연락하기를 기다렸다. 관우는 군대 가기 3일 전에 은애한테 연락했다. 은애와 관우는 지난번에 만나려고 했던 음악다방에서 만나기로 했다. 은애는 약속 시간보다 일찍 음악다방에 갔다. 음악다방에 들어선 은애는 친숙한 DJ에게 목인사를 하고 자리에 앉았다. 그동안 관우가 쌓는 탑을 지켜보던 은애는 관우가 쌓던 대로 탑을 쌓기 시작했다. 그러나 막상 해 보니 만만치 않아서 은애가 쌓은 탑은 한쪽으로만 기울어지더니 결국 쓰러졌다. 은애가 다시 탑을 쌓으려고 할 때 관우가 자리에 앉았다.

"오늘은 성냥으로 탑을 쌓는 법을 알려 줘야겠다. 탑을 쌓는 것도 집을 짓는 것과 똑같아. 즉 기초 공사가 중요해."

"이론적으로는 알지만 실제로는 잘 안돼."

"맨 처음에 성냥을 놓는 것이 중요해. 네 개의 성냥이 반듯하면서도 간격에 맞게 놓여야 하는 거야."

관우는 설명하면서 성냥으로 탑을 쌓기 시작했다. 관우가 탑을 쌓는 모습을 보고 있던 은애는 애써 나오는 눈물을 참았다. 관우도 태연하게 아무렇지도 않게 탑을 완성해 나갔다.

"이 성냥은 되어야 탑을 쌓는다고 힐 수 있지?"

"잘했어. 오늘이 가장 잘 만든 것 같아."

"자꾸 하다 보니 실력이 느네. 우리 뭐 마실까?"

"항상 마시던 것 마시자."

"그럼 비엔나커피 2잔 시킨다."

은애와 관우는 커피를 마시면서도 말이 없다.

한참 후에 관우가 먼저 말을 했다.

"기다려 달라고 안 할 거야. 그리고 너도 나를 기다리지 마."

"다른 사람들은 기다려 달라고 하는데 너는 왜 그렇게 말을 안 해?"

"물론 네가 기다려 주면 좋을 거야. 그러나 가장 좋은 20대에 3년이라는 시간은 짧지 않아. 이 시간을 네가 나한테만 머무르지 않고 하고 싶은 것을 마음껏 했으면 좋겠어. 그리고 좋은 사람이 있으면 만나기도 하고. 이런 말을 한다고 너를 사랑하고 있지 않다는 것은 아니야. 지금도 너를 많이 사랑해. 그러나 내 욕심만으로 너를 내 곁에 있으라고 하면 안 될 것 같아."

은애는 관우의 말에 어떤 반응도 보이지 않고 묵묵히 듣기만 했다. 관우가 여전히 자신을 사랑하고 있음을 은애도 알고 있기 때문이다. 은애와 관우는 한동안 말도 없이 커피잔만 바라보았다. 이번에도 먼저 침묵을 깬 것은 관우였다. 관우는 생각난 듯이 안 주머니에서 포장된 것을 은애에게 건넸다.

"이게 뭐야?"

"응. 별것 아니야."

은애는 정성스럽게 포장지를 뜯었다. 포장지 안에는 '마이마이'가 들어

아카시아 향기

있었다.

"너 사 주고 싶어서 아르바이트했었어."

"언제 아르바이트했는데?"

"집 짓는 것을 도와줄 때 용돈 받고 했어."

"나 이것 안 받을래."

"전부터 너 사 주고 싶었어."

"그래도 싫어. 네가 힘들게 일해서 번 돈으로 산 것이잖아. 그리고 이젠 네 여자 친구도 아닌데 받으면 내가 너무 양심이 없는 것 같아."

"선물은 받는 것보다 주는 기쁨이 더 크다는 것을 알았어. 그래서 일하는데 하나도 힘들지 않았고 선물을 고를 때는 정말 행복했어. 그러니 나를 생각한다면 꼭 받아 줘."

그날 은애는 관우가 사 준 마이마이를 들고 하숙집으로 돌아왔다. 관우는 은애를 하숙집까지 바래다주고 갔다. 머리를 깎으러 이발소에 간다고 하면서.

$$\boxed{7}$$

집으로 내려가는 여정

    은애는 본가로 내려가기 위해서 서울역에 가는 중이다. 역까지는 진주가 동행했다. 대충 싼 짐들도 진주가 함께 들어 줬다.

"은애야! 방학 내내 있는 것은 아니지?"

"그럴 생각인데 내려가 보면 또 달라질 수도 있겠지."

"난 네가 충분히 쉬고 충전해서 빨리 올라왔으면 좋겠다. 나 혼자 방 쓰기 싫단 말이야."

"알았어. 너는 집에 안 가니? 영아와 보애도 내려갔다가 온다고 하던데?"

"응. 난 그냥 있을 거야. 민우도 서울에 있고 이모네도 있잖아."

"민우는 언제 군대 간대?"

"2학년은 마치고 갈 것 같아."

"있을 때 잘해 줘라."

"그렇게 하려고 노력 중이야."

"시간이 벌써 이렇게 되었네. 지금 기차가 들어오고 있다."

은애와 진주는 서울역에서 헤어져서 은애는 본가로 내려가고 진주는 하숙집으로 향했다.

　　　　　　　　　　　　　　　　　　아카시아 향기

은애는 기차 선반에 짐을 올려놓고 자리에 앉았다. 일요일의 오전이라서 그런지 입석으로 가는 사람들도 많았다. 은애의 옆자리엔 아주머니가 앉았다. 은애는 마이마이로 음악을 듣고 헤드셋을 쓰고 눈을 감았다. 어젯밤에 잠을 못 잔 탓인지 잠이 스르르 들었는데 깨우는 소리에 눈을 떴다.

"학생! 그만 일어나서 이것 좀 먹어 봐."

"고맙습니다만 저는 배가 고프지 않아요."

"하나만이라도 먹어 봐."

아주머니는 막무가내로 은애에게 삶은 달걀을 주셨다. 은애는 아주머니가 준 삶은 달걀을 두 손으로 감싸 쥐었다. 아직 따스한 온기가 느껴지는 것으로 보아 달걀을 삶자마자 기차를 탄 것 같았다. 은애가 달걀을 손에만 쥐고 있는 것을 본 아주머니는 보따리에서 무언가를 열심히 찾았다.

"내 정신 좀 봐. 소금을 안 줬네. 그래서 못 먹고 있었던 거야?"

"아니에요. 달걀이 따뜻해서요."

은애가 달걀을 까서 소금에 찍어서 먹고 있을 때, 간식을 실은 손수레가 지나가고 있었다. 은애는 얼른 손을 들고 '아저씨'라고 외쳤다. 아저씨는 손수레를 끌고 은애한테 왔다. 은애는 사이다를 사서 아주머니와 나눠 마셨다. 아주머니는 은애 덕분에 맛있는 사이다를 먹게 되었다고 좋아하셨다. 그러더니 보따리에서 박하사탕을 한 주먹 꺼내서 주셨다. 은애가 사양하자 아주머니는 은애의 호주머니에 박하사탕을 넣어 주셨다. 안 받으면 서운하다고 하는 아주머니의 이야기를 듣고 고맙다는 인사를 하고 사탕 한 개를 까서 입에 넣었다. 입안에 박하사탕이 들어가자 온통 입안이 화해졌다. 은애는 입 안에 있는 사탕을 이리저리 굴리면서 조금

씩 빨아서 먹었다.

　이윽고 아주머니는 천안역에서 내리고 대신 젊은 여자가 옆자리에 앉
았다. 천안역에서는 내리는 사람보다 타는 사람이 많아서 기차는 만원
이 되었다. 간식을 실은 손수레가 지나가려면 주변에 있는 사람들이 길
을 터 줘야 하므로 더 복잡했다. 은애는 앉아서 갈 수 있어서 다행이라고
생각하면서 눈을 감았다. 시끄러운 소리는 들려도 눈을 감으니 아무한
테도 방해받지 않고 온전히 혼자 있는 느낌이 들었다. 은애는 예산역에
도착하는 안내방송이 나오자 짐을 들고 기차에서 내렸다.

역 대합실에는 아빠가 은애를 기다리고 있었다.

"아빠! 언제 나왔어요?"

"우리 넙죽이가 오는데 시간에 맞추어서 나왔지."

"아빠가 마중 나오니깐 너무 좋다."

아빠는 은애의 짐을 받아서 트렁크에 싣고 출발했다. 아빠의 차에서 창
밖을 보니 풍경은 예전과 별반 다르지 않았다. 논에는 벼가 자라고 있
었고 밭에는 사람들이 분주히 일하고 있었다.

"이번에는 얼마나 있다가 올라가니?"

"별일 없으면 방학 내내 있을 것 같아요."

"모처럼 집에 왔으니깐 푹 쉬었다가 가는 것도 좋지. 그런데 아빠가 모
르는 다른 일이 있는 것은 아니지?"

"당연하죠. 집에 있으면서 엄마가 해 주는 맛있는 밥 먹으면서 아빠랑
드라이브도 하려고요."

254　　　　　　　　　　　　　　　　　　　　　　　　　아카시아 향기

은애는 집에 도착해서 할머니와 할아버지에게 박하사탕을 드렸다. 면사무소에 다니는 큰언니는 결혼할 형부와 데이트 가서 집에 없었다. 같은 면사무소에 근무하면서 만났는데 얼마 전에 상견례까지 마쳤다. 우제국에 나니고 있는 작은언니는 친구들과 영화 보러 극장에 갔고 고등학생인 은철이는 학교로 공부하러 가서 집에는 할머니와 할아버지, 엄마와 아빠만 계셨다. 엄마는 은애가 좋아하는 된장찌개와 겉절이를 해 주셨다. 은애는 점심을 맛있게 먹고 뒤뜰로 나가서 장독대와 앵두나무를 지나서 감나무가 있는 곳에 갔다. 감나무는 온통 초록빛으로 물들어져 있어서 감과 잎 구분이 안 되었다. 은애는 감나무 사이에 있는 바위에 앉았다. 그리고 눈을 감았다. 새소리가 들리고 바람이 은애를 스쳐 지나갔다. 바위에 앉으니 마음이 안정되고 위로받는 느낌이 들었다. 쉬었다 가도 된다는 듯이 바위에서 따스한 온기마저 느껴졌다. 은애는 그렇게 감나무 숲에서 휴식을 취했다.

8

고등학교 친구들

    은애가 집에 온 것을 알고 현정이와 미자 그리고 진아한테서 연락이 왔다. 그래서 읍내에 있는 식당에서 저녁에 만나기로 했다. 미자는 간호전문대학에 다니고 있으며 현정이는 교대, 진아는 국문과에 진학했다. 은애는 집을 나와서 천천히 언덕배기를 내려왔다. 이윽고 대모네를 지나서 벼가 자라고 있는 논길을 통해서 마을 앞길로 걸어 나왔다. 시간을 보니 버스가 오려면 아직 20분이나 남았다. 은애는 벤치에 앉아서 버스를 기다리기로 하였다. 2년 만에 앉아 보는 벤치는 여전히 편했다. 버스는 20분도 안 되어서 왔다. 은애는 흔들리는 버스의 맨 뒷자리에 가서 앉았다. 버스가 울퉁불퉁한 길을 지날 때마다 은애는 위로 솟았다가 내려왔다. 버스에 타고 있던 사람들도 엉덩방아를 찧을 때마다 '어이쿠' 소리를 냈다. 은애는 비로소 시골 버스 탄 것을 실감하였다. 버스는 사람들의 아우성에도 아랑곳하지 않고 꿋꿋하게 달리더니 읍내에 도착했다.

    은애는 버스에 내려서 약속한 식당으로 갔다. 식당에는 현정이와 진아가 기다리고 있었다.
"오랜만이다. 너희들 언제 왔어?"

"우리도 좀 전에 왔어."

"미자는 아직 안 왔네?"

"미자는 실습 중이라서 조금 늦는다고 했어. 곧 있으면 올 거야."

은애와 현정이, 진아가 수다를 떨고 있으니 미자가 헐레벌떡 들어왔다.

"우리 얼마 만에 만나는 거야. 다들 잘살고 있었냐?"

"정말 오랜만이다. 그러는 너는 어떻게 지냈냐?"

"나도 바쁘게 보냈지. 2학년 되니깐 실습도 나가고."

"또 있잖아. 남자 친구도 만나고."

"남 말하듯 하네. 너도 생기고 진아도 생겼잖아."

"정말이야? 그런데 나한테는 왜 말을 안 했어?"

"너는 서울에 있으니깐 만나기가 어렵잖아. 그래서 만나면 하려고 했지."

"그럼 빨리 주문하고 너희들 남자 친구 이야기나 들어 보자."

은애와 친구들은 불고기백반 4인분을 시키고 수다 떨기에 바빴다. 미자 남자 친구는 체육교육학과 2학년에 재학 중이고 현정이는 같은 교대 CC 라고 하였다. 진아의 남자 친구는 경영학과 2학년으로 도서관에서 만났 다고 하였다. 은애와 친구들이 남자 친구 이야기하고 있을 때 주문한 불 고기백반이 나왔다. 저녁 식사비는 아르바이트해서 용돈이 생긴 은애가 냈다.

은애와 친구들은 저녁 식사 후 다방으로 자리를 옮겨서 커피를 마셨다.

"앞으로 미자는 간호사가 되고 현정이는 국민학교 선생님이 되겠다. 그 럼 진아는 뭐 할 생각이야?"

"난 출판사에 들어가고 싶어."

"왜?"

"출판사에서 아르바이트를 잠깐 했었는데 힘들긴 해도 책이 만들어지는 과정이 재미있더라. 얼마 전에 발간된 〈멋〉과 같은 패션잡지도 만들고 싶어."

"진아도 하고 싶은 게 확실하네. 그럼 은애는?"

"그러게. 나야말로 문제다. 난 아직 모르겠어."

"부모님은 뭐라고 하셔?"

"선생님이나 은행에 들어갔으면 하시지. 그런데 난 아직 잘 모르겠어."

"네가 하고 싶은 일을 꼭 찾을 테니깐 걱정하지 마."

"알았어. 그래도 너희들이 하고 싶은 일을 찾아서 다행이다."

은애와 친구들의 밀린 이야기는 늦은 밤까지 이어졌다.

9

은애가 하고 싶은 일

은애는 집에서 2주일만 쉬고 다시 서울로 올라왔다. 제일 반긴 사람은 진주였다.

"은애야! 네가 올라와서 정말 기뻐. 혼자 방을 쓰니깐 외롭더라. 그리고 잡지번역도 필요했는데 네가 올라와서 정말 다행이다. 내일 이모 양장점에 함께 가자."

"그러자. 놀면 뭐 하니."

"그래. 놀더라도 이모네 양장점에 가서 놀자. 새로운 옷감도 많이 들어왔어."

다음 날 은애와 진주는 이모네 양장점에 갔다. 양장점에는 진주 말대로 요즘 유행하는 옷감이 많이 들어와 있었다. 은애는 진주 이모에게 받은 잡지를 펴서 한 장씩 넘기면서 쭉 훑어보았다. 책에는 모델들이 멋진 옷을 입고 뽐내고 있었다. 은애는 무심코 다음 장을 넘겼는데 펼쳐진 잡지에는 혼자서 옷을 만들 수 있도록 자세히 설명되어 있었다. 은애는 대충 잡지를 훑어보고 나서 잡지를 덮었다.

그리고 하숙집에 와서 번역하려고 삽시를 나시 봤나. 삽시를 펼친 은애는 어제 봤던 곳에서 시선이 멈췄다. 누구나 옷을 만들 수 있을 것이라는 생각이 들 만큼 자세하게 설명되어 있었다.

"진주야! 내가 옷을 만든다면 잘 만들 수 있을까?"

"뭐? 옷을 만든다고?"

"꼭 만든다는 게 아니고 그냥 그런 생각이 들어서 물어본 거야."

"네가 옷을 만든다면 잘할 수 있을 거야. 너는 옷에 대한 관심이 많잖아. 새로운 옷감이 들어오면 그냥 지나치지 않고 꼭 만져 보더라. 대수롭지 않은 행동 같아도 관심이 없으면 절대로 그렇게 안 하거든."

"맞아. 난 새 옷감을 보면 기분이 좋아. 그리고 어떤 재질의 옷감일지 궁금해서 만져 보게 되는 것 같아. 옷감은 흰 도화지와 같아서 내가 원하는 대로 그림을 그리듯이 옷도 내 마음대로 만들 수 있는 거잖아."

"조은애! 축하한다. 드디어 네가 하고 싶은 일을 찾은 것 같구나."

"어떤 일을?"

"방금 네가 말했잖아."

"언제 내가 말했어?"

"새 옷감을 보면 기분이 좋은 이유가 마음대로 옷을 만들 수가 있어서 그런 거라고 했잖아. 나도 새 옷감을 보면 기분이 좋지만 그런 생각을 해본 적은 없어. 그냥 옷감 자체로 이쁘다고만 생각하거든. 그리고 너는 이모 양장점에 가자고 하면 아무리 힘들어도 안 가겠다고 거절한 적이 없었어. 오히려 양장점에 가면 눈이 초롱초롱하고 반짝이더라. 그러니 잘 생각해 봐."

은애는 진주의 말대로 자신이 옷에 관심이 많고 옷을 만드는 것을 좋아하고 있다는 생각이 들었다. 그래서 다음 날 진주 이모네 양장점에 갔다. 은애의 이야기를 듣고 진주 이모는 무척 좋아하셨다.

"나는 진작 알고 있었어. 여기에 오면 달라지는 은애의 눈빛을 보고 알아차렸지."

"저는 전혀 생각 못 했어요."

"그럼 어떻게 알았어?"

"어제 진주와 이야기하다가 알게 되었어요. 그래서 생각해 보니 진주 말처럼 제가 옷에 관심이 많다는 사실을 알았어요."

"난 처음 진주와 온 날 알았지. 관심이 있거나 좋아하는 대상이 생기면 눈빛이 반짝거리는데 은애도 그랬어. 새 옷감이 들어오면 하나하나 만져 보고 살펴보는 은애를 보면서 확신할 수 있었지. 그럼 이제부터 어떻게 할 거야?"

"옷을 만드는 것에 관심이 있긴 한데 제가 잘할 수 있을지는 솔직히 모르겠어요."

"아직 2학년이니깐 시간을 가지고 생각해 보면 어떨까? 지금처럼 책 번역하는 것을 도와주고 시간이 나면 양장점에 와서 옷이 만들어지는 과정을 보면서 옷과 친해지는 것도 좋을 것 같아."

은애는 진주 이모 말대로 책 번역하면서 틈틈이 양장점에 가서 시간을 보냈다. 은애가 할 수 있는 일들은 도와주면서 2학년 2학기와 3학년 1학기를 보냈다. 부모님은 은애가 하고 싶은 일을 하라고 말씀하셔도 선생님이나 은행에 취업하기를 은근히 기대하고 있는 눈치셨다. 그러나 은애는 시간이 갈수록 옷을 만드는 일을 해야겠다는 확고한 생각이 들어서 더 이상 미룰 수가 없었다. 그래서 은애는 부모님께 말씀드렸다. 은애에게 생각지도 못한 이야기를 듣고 난 부모님은 한동안 말이 없으셨다. 먼저 침묵을 깬 것은 아빠였다.

"왜 하고 싶은 거니? 다른 일도 많은데."

"다양한 직업이 있다는 것은 알아요. 그러나 제가 정말 하고 싶은 일은 옷을 만드는 것임을 알았어요."

"언제 알았어?"

"2학년 여름방학에요. 처음엔 저도 확신하지 못해서 확인할 필요가 있었어요. 그래서 2학년 2학기부터 지금까지 진주 이모네 양장점에 가서 아르바이트했어요. 그런데 시간이 갈수록 확고해졌어요. 이젠 3학년 2학기라서 진로를 결정해야 할 것 같아서 말씀드리는 거예요."

"시간을 가지고 더 생각해 보면 안 되겠니?"

"이렇게 말씀드리기 전에 충분히 생각해 보고 고민도 많이 했어요. 그런데 시간이 갈수록 더 하고 싶다는 생각이 들었어요. 물론 하고 싶다고 해서 재능이 있다고는 말할 수 없겠죠. 그런데 저는 엄마 딸이잖아요. 저희가 어렸을 때 엄마가 직접 옷을 만들어서 입혀 주었잖아요."

"네가 7살 때 보라색 원피스를 만들어 입혔더니 기뻐하던 모습이 눈에 선하구나."

"저도 생각나요. 세상에서 제 옷이 제일 예쁘다고 생각했어요."

"네가 유난히 옷을 만드는 것을 지켜보더니 이런 일을 하려고 그랬나 보다."

"여보. 이번에도 은애의 선택을 존중해 줍시다. 본인이 하고 싶은 일을 해야 행복할 수 있지 않겠소."

"어쩌겠어요. '평안 감사도 저 싫으면 그만이다.'라는 속담이 있듯이 본인이 하고 싶은 일을 해야죠."

"엄마, 아빠. 허락해 주셔서 감사합니다. 열심히 하겠습니다."

은애는 부모님의 허락을 받고 바로 서울로 올라왔다.

패션학원에 등록

    은애는 바쁜 나날을 보내고 있다. 대학 4학년이라서 강의는 많지 않아도 강의가 없거나 일찍 끝난 날은 진주 이모네 양장점에 가서 재봉틀로 바느질하거나 미술학원에 가서 소묘를 배웠다. 진주의 권유로 소묘를 배우기 시작했는데 정말 배우길 잘했다는 생각이 들었다. 사물을 볼 때 본질을 보게 되고 비율도 가늠할 수 있게 되었기 때문이다. 은애는 대학생활도 충실하게 해서 좋은 성적으로 졸업도 하였다. 취업하는 친구들과 달리 은애는 대학을 졸업하자마자 국제패션디자인학원에 등록해서 옷을 만드는 과정을 시작하였다. 1년 안에 배우는 과정이므로 시간이 빡빡하고 정신없이 바쁘지만 힘들지 않고 즐거웠다. 진주 이모네 양장점에서 재봉틀을 배웠기에 진도를 나가는데도 훨씬 수월했다.

    은애는 오전에는 디자인 수업, 오후에는 패턴, 저녁에는 일러스트레이션을 쉬지 않고 아침부터 밤늦게까지 공부했다. 매일 반복되는 생활이지만 은애는 하나도 힘들지 않고 즐겁기만 했다. 토요일과 일요일엔 수업이 없는데도 학원에 가서 미비한 부분을 보충했다. 여전히 같은 하숙집에서 방을 쓰고 있는 진주는 이런 은애를 보고 혀를 내둘렀다.

                                      아카시아 향기

"은애야! 일요일인데도 또 학원 가는 거야?"

"응. 어제 재봉했는데 마음에 안 들어서 다시 하려고."

"월요일에 가면 안 되는 거야? 오늘 하루는 좀 쉬어. 너무 무리하는 것 아니야?"

"내일은 또 새로운 것을 배우니깐 안 돼."

"하여간 너처럼 열정적으로 배우는 학생은 또 없을 거야. 내 학원 수강생들도 너처럼 열심히 배웠으면 좋겠다."

"미대 진학을 목표로 하는 학생들이라면 열심히 하지 않니?"

"물론 열심히 하는 학생들은 평일과 주말에도 나와서 늦게까지 그림을 그리다가 돌아가지. 문제는 실력도 없는데 노력도 하지 않는 학생들이 있어서 걱정이야. 고3인데 대학에 들어갈 수 있을지 모르겠어."

"우리 진주가 원장님이 다 되셨네. 오늘은 학원에 안 가도 돼?"

"점심 먹고 고3들이 있어서 나가 볼 예정이야. 네가 바쁘지 않으면 나가서 함께 점심을 먹고 싶었거든."

"좋아. 점심 먹으러 가자."

은애와 진주는 모처럼 나가서 함께 점심을 먹었다. 점심은 미술학원을 운영하는 진주가 샀다. 은애는 늦은 밤이 되어서야 하숙집에 들어왔다.

　

　1년 후 은애는 모든 과정을 마치고 국제패션디자인연구원에 들어갔다. 패션디자이너로서 꿈을 꾸는 학생들과 교수진들의 열정으로 연구원에서의 생활은 눈코 뜰 새 없이 바빴다. 연구원 동료들은 대부분 디자이너를 목표로 했다. 주제가 주어지면 대부분 개인별로 작품을 제출했는데 간혹가다 팀별로 제출할 때도 있었다. 팀별로 옷을 만들년 좋은 섬은 옷감 선정부터 디자인까지 많은 의견이 나와서 다양한 스타일의 옷이 만들어졌다. 바쁜 와중에도 은애는 진주 이모가 부탁한 잡지번역도 했는데 잡지에 실린 스타일의 옷을 보는 것만으로도 좋은 공부가 되었다. 연구원 생활은 프로로서 실력을 다져 가는 시기였다. 그러나 이 연구원의 생활도 졸업할 때가 되자 또 진로를 선택해야만 했다. 양장점을 개업하거나 기성복업체의 브랜드에 들어갈 것인가에 대한 고민할 때, 운 좋게 최고 권위의 중앙 디자인 대회에서 대상을 받았다. 부상으로는 미국 FIT 교환학생으로 가는 것이었다. FIT는 미국 뉴욕주 뉴욕시 맨하튼에 있는 예술대학이다. 은애가 FIT 교환학생으로 가는 것에 엄마와 아빠의 반응은 사뭇 달랐다. 아빠는 좋은 기회라고 축하해 줬는데 엄마는 교환학생으로 혼자 가기에는 너무 멀다고 반대했다. 방에 들어와서 천장을 보고 누워 있으려니 큰언니, 작은언니와 함께 방을 쓰던 기억이 새록새록 났다. 방은 예전이나 지금이나 달라진 게 없는데 그 안에서 생활하던 자신들만이 변화가 생긴 것에 마음이 심란한 은애는 밖으로 나왔다. 큰언니는 면사무소에서 큰형부를 만나서 결혼했고 작은언니는 중매로 회사원인 작은형부를 만나서 결혼했다. 은철이는 대학교에 다니고 있어서 집에는 은애밖에 없다.

늦가을로 접어든 날씨는 밤이 되면 제법 쌀쌀했다. 은애는 팔짱을 끼고 하늘을 올려다보았다.

"하늘에 뭐가 있어? 그렇게 넋을 놓고 쳐다보고 있게?"

"이쁜 별들이 있잖아요."

"이 밤중에 나와서 별을 보고 있는 것을 보니 우리 넙죽이의 마음이 싱숭생숭하구나."

"응. 조금."

"젊었을 때 도전해 보는 거야. 좋은 기회이니깐 다녀 와. 남들은 못 가서
야단들인데 뭘 고민해. 우리 넙죽이는 영어도 잘해서 의사소통에도 문
제가 없잖아."

"아빠. 그래도 될까? 과연 내가 잘할 수 있을지 모르겠어요."

"실패가 두려워서 시작하지 않는다면 그것처럼 바보는 없을 거야. 낯선
외국에서 생활하다 보면 생각지 않게 여러 가지로 힘들 수도 있을 거야.
그러나 울 넙죽이는 잘 이겨 낼 수 있으리라고 믿는다. 지금까지 해 온
것처럼 하면 되는 거야."

  은애는 아빠의 말에 용기를 얻어서 교환학생으로 가는 것으로 결정했
다. 은애는 미국으로 출국하기 전에 고등학교 친구들을 만났다. 미자는
간호사가 되어서 대학병원에 근무하고 있으며 현정이는 국민학교 선생
님이 되었고 진아는 출판사에 들어갔다. 본인들이 원하던 일을 하는 친
구들이 은애는 자랑스러웠다. 그리고 은애도 자신의 꿈을 위해서 미국
으로 건너갔다.

11

귀국 패션쇼 그리고 세호 오빠

은애의 미국 FIT 교환학생의 생활은 그야말로 치열했다. 매주 주제에 맞는 옷을 만들고 평가받는 것이 연속이었기 때문이다. 나중에는 너무 힘들어서 졸업할 수 있을지 의문이 들기도 했지만 느리게 가는 시간도 어김없이 지나가서 졸업하게 되었다. 은애는 지난주에 졸업 작품 발표 및 교환학생으로서 마무리한 다음 지금은 한국행 비행기에 타고 있다. 창을 통해 보이는 하늘의 구름은 푸른 바다에 떠 있는 빙산처럼 하얗다. 멋진 구름을 감상할 수 있음에 은애는 감사한 마음마저 들었다. 지금처럼 여유롭게 시간을 보낼 수 있는 것도 비행기 안이라서 가능한 것이다. 몇 시간 후 한국에 도착하면 FIT 교환학생으로 배운 것을 토대로 패션쇼를 열어야 해서 한동안 바쁘게 보낼 것이다. 패션쇼는 천연소재인 면과 마, 견을 사용하여 순수한 자연스러움을 추구하는 스타일로 정했다. 즉 자연을 모티브로 하는 에콜로지 룩을 중심으로 할 예정이다. 미국에 있으면서 패션쇼에 대한 세세한 부분까지 구상했기에 이젠 만들기만 하면 되었다. 은애는 잘할 수 있을 것이라는 긍정적인 자기 암시를 주고 마음의 준비를 했다. 비행기도 은애의 마음을 아는지 곧이어 도착한다는 것을 알렸다.

은애는 공항에 내려서 짐을 찾고 로비로 향했다. 진주가 마중 나오기로 했기 때문이다. 은애는 멀리서 걸어오는 사람이 진주라는 것을 금방 알 수 있었다. 진주는 빨간색으로 온몸을 휘감고 있었기 때문이다.

"멀리서 봐도 너라는 것을 바로 알겠더라."

"그럼 성공했네. 이 많은 사람 중에서 나를 찾는다는 것이 쉽지 않잖아."

"그런 깊은 뜻이 있는 줄은 미처 몰랐네."

"내가 이렇게 너를 생각하고 있다."

"고마워. 언제나."

"나도 고마워. 네가 옆에 있어서 언제나 힘이 되었어. 가방 하나 줘."

은애와 진주는 큼직한 가방을 하나씩 나눠 들고 공항을 빠져나와서 진주 이모가 보내 준 자동차에 탔다. 창밖을 통해 익숙한 거리를 보자 이제야 한국에 온 것이 실감 났다. 은애는 하숙집에 짐을 풀고 진주와 양장점에 가서 진주 이모한테 인사를 드렸다.

"이모님! 잘 다녀왔습니다. 자동차도 보내 주셔서 감사합니다."

"은애 패션디자이너님께서 오시는데 당연히 보내야지. 어떻게 많이 배웠어?"

"예. 많이 보고 배우고 왔어요. 잠자고 먹는 것을 제외하고는 옷 만드는 일에만 집중했어요. 그렇지 않으면 따라갈 수가 없겠더라고요."

"그랬을 거야. 그래도 잘 이겨 내고 와서 대견해. 이젠 귀국했으니 패션 쇼를 해야지?"

"네. 그래서 내일 학원에 가서 원장님께 인사드리고 상의하려고요."

"그래야지. 벌써 이쪽 업계에선 은애가 미국 FIT 교환학생으로 다녀온 것에 대하여 떠들썩해. 패션에 종사하는 사람들이라면 관심이 많아서 패션쇼에도 많이 참석할 거야. 패션쇼에 대한 구상은 다 되어 있겠지?"

"예. 요즘 유행하는 패션스타일 중 에콜로지 룩을 중심으로 하려고 생각해요."

"파워 슈트를 중심으로 한 앤드로지너스 룩도 있는데 에콜로지 룩을 선택한 이유가 뭔지 궁금한데?"

"귀국 패션쇼에 대하여 구상하고 있을 때, 문득 제가 여기까지 오게 된 경위를 되짚어 봤어요. 엄마가 우리들의 옷을 만들어 주던 것을 지켜보던 나로부터 시작되었어요. 그리고 자연에서 마음껏 뛰놀던 나. 그리고 원장님의 잡지번역으로 이어졌어요. 이 중에서 '자연에서 놀던 나'가 가장 많이 차지하고 있다는 사실을 알게 되었어요. 그때가 가장 행복했던 시절이기도 해서 에콜로지 룩으로 나를 표현하고 싶다는 생각이 들었어요."

"그런 깊은 뜻이 있다니 정말 기대되는구나. 학원에서 어련히 잘 도와주겠지만 내 도움이 필요하면 언제든지 말하렴."

"언제나 감사드려요. 필요하면 도움 요청하겠습니다."

은애는 다음 날 학원에 가서 귀국 인사를 하고 바로 패션쇼 준비에 들어갔다. 원장님은 은애에게 패션쇼의 구상안과 진행 방법에 대해서 듣고 새로운 패션쇼가 될 것이기에 기대된다고 하셨다. 은애는 패션쇼의 주제를 '아카시아 향기'로 정하고 천연소재에 전통적인 방법으로 염색했다. 염색하는 법을 모르는 은애는 천연염색을 하는 분을 만나서 자신의 패션쇼에 대하여 설명하고 원하는 색이 나올 수 있도록 도움을 받았다. 천연염색으로는 다양한 색이 나오는 것이 한계가 있으므로 농도의 차이를 이용하기로 하였다. 녹색이라도 연한 녹색, 일반적인 녹색, 어두운 녹색 등으로 차별화를 주기로 하였다. 필요에 따라 옷감을 만들면서 옷을 제작해야 하므로 더 바쁘고 정신없지만 하나의 옷이 만들어질 때마다 은애의 기쁨은 더 컸다. 은애가 가장 신경 쓰며 만든 옷은 아카시아 꽃을 형상화한 스커트와 블라우스였다. 치마는 녹색을 그라데이션 해서 위로 갈수록 점점 옅어져서 허리 부근에는 흰색이 나오도록 하였다. 치마에는 나뭇잎 모양을 덧대어 바느질했고 흰 블라우스에는 연노란색 매듭을 작은 꽃 모양으로 만들어서 바느질했다. 머리에는 파마했던 아카시아 줄기를 형상화한 핀을 꽂았다. 은애는 하숙집에도 못 들어가고 거의 학원에서 살다시피 했다. 최초로 자신의 이름을 내걸고 하는 패션쇼이기 때문에 모든 열정을 쏟았다. 꼬박 한 달 보름이나 걸려서 옷을 만들었다. 은애는 패션쇼가 열릴 날짜가 다가올수록 초조해졌다. 그럴 때마다 진주는 은애의 지지자이자 친구로서 은애를 응원해 주었다.

드디어 패션쇼가 열리는 날이 되었다. 신문이나 방송에선 미국 FIT 첫 교환학생으로 다녀온 은애의 패션쇼가 열리는 것에 대하여 연일 보도하였다. 패션쇼는 학원에서 적극적으로 도와줘서 순조롭게 준비할 수 있었다. 학원은 푸르른 들판을 상징하듯이 자연스러운 녹색의 식물들과 꽃 등으로 장식되었고 런웨이는 짙은 밤색으로 깔렸다. 은애는 모델들이 입는 옷을 일일이 체크하고 확인했다. 모델들은 프로답게 워킹을 잘 했다. 참여한 모든 모델의 워킹을 끝으로 보라색 원피스를 입은 은애가 나와서 인사했다. 은애의 패션쇼는 대 성황리에 끝났다. 은애는 패션잡지 기자는 물론이고 신문이나 방송국에서 나온 기자들과도 인터뷰했다.

모든 일정이 끝나고 은애는 패션쇼장을 천천히 둘러보았다.

　그리고 발길을 돌리려고 할 때 한 남자가 다가오면서 은애에게 꽃다발을 건넸다.

"조은애 씨! 축하합니다."

"아! 감사합니다. 그런데 오늘 인터뷰는 다 끝났어요. 정말 죄송합니다."

"그러면 다음에 오겠습니다. 오늘 패션쇼는 주제 선정부터 패션까지 모든 것이 완벽했습니다."

"그렇게 말씀해 주셔서 감사합니다. 그런데 어느 소속의 기자님이세요?"

"저는 k방송국의 백세호 기자입니다."

"지금 뭐라고 하셨어요? 누구시라고요?"

"새 옷을 입으면 좋아하던 꼬마가 패션디자이너가 되어서 패션쇼를 하다니 정말 축하해."

"아! 세호 오빠. 오빠 맞죠?"

"응. 맞아. 이렇게 멋진 패션쇼를 하다니 정말 대단하구나!"

"이렇게 오빠를 만나다니 꿈만 같아요. 예전에 수원지에 갔더니 오빠네는 이사 가서 다른 사람들이 살고 있었어요. 그래서 오빠를 만날 수 없다고 생각했는데 이렇게 만나게 되어서 정말 기뻐요. 오빠 나에 대해서 언제 알았어요?"

"미국 FIT 교환학생으로 간다고 했을 때 알았지. 곱슬머리가 대단하다고 생각했어."

"오빠한테 곱슬머리라는 소리를 들으니 어렸을 때가 생각난다. 그때의 오빠 언제나 나를 도와주고 보살펴 주었어요. 나의 수호천사였어요."

"만날 인연이라면 나중에 만날 것이라고 한 말 기억나니?"

"그럼요."

"그리고 다시 만나면 네 남자 친구 되어 달라고 했던 말도 기억해?"

"어떻게 그 말을 잊을 수가 있겠어요."

"그럼 그때 한 말 아직도 유효해?"

"물론이죠."

"곱슬머리. 아니 은애야. 내 여자 친구가 되어 주겠니?"

"네."

은애와 세호 오빠는 서로의 눈 속에 있는 사랑하는 사람을 한동안 바라보았다. 그리고 손을 잡고 천천히 패션쇼장을 나왔다. 그리고 다음 날 세호 오빠가 운전하는 자동차를 타고 아카시아 향기가 가득한 수원지로 향했다.

〈그대의 향기〉

살랑살랑 부는 바람이 5월의 향기를 전해 줘서
나는 향기로운 바람을 따라서 발걸음을 옮겼어요.

시냇물 소리를 들으며 오솔길을 따라서 걸어가니
바람이 머문 그곳에는 향기를 지닌 그대가 있네요.

5월의 향기를 가진 그대는 무심히 나를 보더니
아무렇지도 않게 내 곁을 스쳐서 저 멀리 갔어요.

아직 그대와 나는 서로에게 의미가 없는 존재라서
지금처럼 그대가 나를 모르고 지나가도 상관없어요.

앞으로 그대와 내가 서로에게 스며들기 위해서는
서로에 대하여 알아가야 할 시간이 필요하거든요.

향기로운 바람이 그대가 있는 곳을 전해주고 가서
오늘에서야 5월의 진한 향기를 가진 그대를 만났네요.

아카시아 향기

아카시아 향기

ⓒ 조시연, 2022

초판 1쇄 발행 2022년 11월 18일

지은이   조시연
펴낸이   이기봉
편집   좋은땅 편집팀
펴낸곳   도서출판 좋은땅
주소   서울특별시 마포구 양화로12길 26 지월드빌딩 (서교동 395-7)
전화   02)374-8616~7
팩스   02)374-8614
이메일   gworldbook@naver.com
홈페이지   www.g-world.co.kr

ISBN   979-11-388-1392-1 (03810)